D1658248

Demons

Von Melanie Mühlberger

Für all jene Leute, die lieber in ihrer eigenen Fantasiewelt leben als in der echten Welt.

Eins

Regentropfen fielen auf die Straße. Wie schon seit Tagen. Wegen der vielen Überflutungen wurden die Schüler der Isaac-Newton-School gebeten zu Hause zu bleiben. Drinnen zu sitzen war auf eine bestimmte Dauer langweilig. Außer man las gerne. Wie Mercedes Ellain. Sie saß vor dem Fenster in ihrem großen Pullover, umwickelt von einer warmen Wolldecke, ihrem Lieblingstee auf dem Tisch neben ihr stehend und hatte eines ihrer Lieblingsbücher in den Händen. Bücher gaben ihr das Gefühl, jemand anderes zu sein, in einer anderen Welt zu leben und Abenteuer zu erleben. Der Regen tropfte gleichmäßig auf die hohen Fensterscheiben. Es hatte etwas Beruhigendes und gleichzeitig Bedrohliches an sich. Doch Mercedes, kurz Mercy, war das egal so lange sie drinnen, im Trockenen, saß. Auf keinen Fall würde sie während eines solchen Wetters auch nur einen Schritt nach draußen wagen. ›› Hey, Mercy! ‹‹ sagte eine Stimme hinter Mercedes laut und diese schreckte zusammen. ›› Hör auf damit, Chloe! ‹‹ murmelte Mercy genervt. Ihre kleine Schwester Chloe lief im Zimmer auf und ab. Sie war schon zehn, aber nervte immer noch wie eine Fünfjährige. Vermutlich war sie gerade aufgestanden, denn ihr langes weißes Nachthemd wehte wie eine Fahne hinter ihr her. Mercy schaute auf die Uhr. Es war zehn. Mom und Dad waren vermutlich einkaufen gefahren, denn sie waren schon länger weg. Mercy nahm einen Schluck aus ihrer Teetasse, als Chloe wieder angerannt kam. ›› Du wolltest mit mir hinaus gehen und Henry besuchen.‹‹ ›› Aber nicht jetzt. Ich lese gerade.‹‹ Doch Chloe bettelte so lange bis Mercy genervt aufgab und hinaus ging, um ihre Regenjacke zu holen. Ihren gemütlichen Tag mit ihrem Lieblingsbuch konnte sie jetzt vergessen. Aber für Chloe tat sie fast alles. So sehr es auch nach außen hin schien als würden sie sich die ganze Zeit bekriegen, so war es doch ganz anders. Mercy las Chloe oft aus ihren Lieblingsbüchern vor und Chloe zeichnete Mercy oft Bilder. Chloe konnte gut zeichnen. Obwohl sie erst zehn war. Mercy konnte sich mit Worten besser ausdrücken, als mit Bildern. Und auch obwohl es Mercy im Moment nicht gerade freute zu Henry zu gehen, machte sie ihrer kleinen Schwester die Freude. Henry war ein enger Freund der Familie und Chloes Pate. Mercy wusste, dass er Kinder hatte, aber anscheinend war seine Frau mit ihnen weggerannt. Mercy wusste nicht warum, denn Henry sprach nie viel darüber. Seine Augen wurden dann immer ganz glasig und groß. Er sah dann aus wie ein verheultes Robbenbaby. Also hatte Mercy es aufgegeben ihn danach zu fragen, was wirklich geschehen war. Cloe zog ihren viel zu auffallenden gelben Regenmantel an. Mercy hasste es von Leuten angestarrt zu werden, doch mit einer Familie, wie ihrer war das unvermeidlich. Mercys Vater war Komponist und schrieb im Auftrag von Hollywood Filmmusiken. Mercys Mutter war Malerin. Alleine schon deshalb warf man Mercy oft verstohlene Blicke zu. Aber der eigentliche Grund war dieses Gerücht. Es kam eher bei älteren Leuten vor, die schon länger in der Stadt lebten und Mercys Großmutter gekannt hatten. Mercys Großmutter war etwas verrückt gewesen. Ihre Wohnung war voller ekelerregender Sachen gewesen, wie zum Beispiel Froscheingeweiden. Auch hatte Mercys Großmutter an Voodoo-Zauber und andere magische Vorkommnisse geglaubt. Viele hatten gesagt, dass diese Frau einfach eine Schraube locker hatte oder dass sie eine Hexe sei. Seit sie ihren Job als Wahrsagerin losgeworden war, hatte sie sich nur noch in ihr großes Haus zurückgezogen. Vor einem Jahr war sie dann verschwunden. Niemand fand eine Nachricht oder irgendeinen Hinweis darauf, wo sie hingegangen sein könnte. Chloe glaubte, dass Grams mit ihrem Besen zu ihren Hexenfreundinnen geflogen sei. Mercy glaubte zwar nicht an diesen Hexenkram, aber dass ihre Großmutter verschwinden konnte ohne irgendwelche sichtbaren Hinweise zu hinterlassen, war dann doch merkwürdig. Mercys Mutter hatte gesagt, dass Mercy sich keine Sorgen machen musste, ihre Großmutter würde schon wieder auftauchen. Auch wenn Mercys Mutter dabei nicht sehr überzeugt klang. Chloe hüpfte in eine Pfütze und spritzte Mercy nass. Chloe sah aus wie eine kleine Ausgabe von Mercy. Lange blonde Locken und dunkelbraune Augen. ›› Pass doch auf, Chloe.‹‹ Doch Chloe hörte sie schon nicht mehr, denn sie rannte bereits auf das große Tor zum Garten von Henry zu. Mercy kam sich immer vor wie in einem Gruselfilm, wenn sie durch Henrys Garten ging. Die Allee aus Bäumen, die sich gruselig bis zu dem großem Herrenhaus zog. Chloe und Mercy standen vor dem großen Portal. Chloe klopfe zweimal an. Die Türe ging auf und Henry stand vor ihnen. Er war ein großer Mann mit dunklen schwarzen Locken und weisen grauen Augen. ›› Ah, die Ellains kommen mich mal wieder besuchen.‹‹ ›› Henry! ‹‹ Chloe umarmte ihn stürmisch. Henry bat Chloe und Mercy herein und schloss die Türe hinter ihnen. Henry ging zum Herd und machte und zwei Tassen heiße Schokolade. Mercy und Chloe gingen währenddessen in das große Wohnzimmer. Das Haus war für eine Person alleine viel zu groß, aber Mercy konnte sich denken, warum er es nicht verkaufen wollte. Die Erinnerungen. Chloe setzte sich in einen der hohen, gemütlichen Sessel und Mercy setzte sich zu ihrer rechten auf die Couch. Henry hantierte immer noch in der Küche. Als er schließlich mit zwei dampfenden Tassen zu ihnen kam, sprang Chloe auf und ab und rief: ›› Erzähl uns eine Geschichte.‹‹ ›› Chloe, du hast doch alle meine Geschichte schon zweimal gehört.‹‹ Mercy schlug ein Buch auf, das auf dem Tisch neben ihr lag um zu lesen. Sie kannte Henrys Geschichte schon auswendig. Als Kind hatte sie sie, genauso wie Chloe, auch geliebt. Sie wollte gerade eine Seite umblättern, als Chloe auf Henrys Frage, welche Geschichte sie denn hören wolle, sagte: ›› Erzähl uns doch eine Geschichte von deinen Kindern.‹‹ Mercy schlug hörbar ihr Buch zu. Anscheinend waren sie und Chloe sich noch ähnlicher als sie es geglaubt hatte. ››Chloe, du weißt, dass Henry es nicht sehr mag über dieses Thema zu reden.‹‹ Insgeheim hoffte sie, dass Henry vielleicht Chloe antworten würde, denn wer konnte ihr schon einen Wunsch abschlagen, doch Henry schaute traurig aus dem Fenster und nickte. Dann begann er eine andere Geschichte zu erzählen über seinen verrückten Onkel. Da Mercy diese Geschichte schon mitsprechen konnte, wandte sie sich wieder ihrem Buch zu.

So ging es viele Tage dahin. Mercys Lesewahn wurde nur von ihren Besuchen bei Henry unterbrochen. Mercys Eltern hatten viel zu arbeiten und so lag es an Mercy auf Chloe aufzupassen. Einige Tage später ließ der Regen nach und die Isaac-Newton-School öffnete wieder. Der Montag war nebelig und kalt. Mercy hatte eine dicke Jacke und eine Wollmütze an. Sie fand, dass sie aussah wie im Winter. Und das im April. Als sie in den Schulbus stieg, war der voller plappernder Schüler, wie üblich. Sie wollte sich vorne rechts an ihren Stammplatz setzen und hätte beinahe einem Schüler ihren Rucksack auf den Kopf geworfen. Sie konnte ihn noch schnell abfangen und setzte sich neben ihn. Normalerweise gehörte ihr die ganze Sitzbank. Wo kam der Idiot denn plötzlich her. Wütend schüttelte sie den Kopf und setze sich neben ihn. So schnell ließ sie sich ihren Stammplatz nicht nehmen. Der Junge schien von alledem nichts gemerkt zu haben, denn er sah weiter aus dem Fenster. Mercy betrachtete seinen Hinterkopf. Er hatte helle blonde Haare und war ein paar Zentimeter größer als Mercy. Er war wahrscheinlich neu in der Stadt, denn sonst wäre er Cassie schon aufgefallen. Cassie wusste immer ganz genau, wann hübsche Jungs in ihrem Umfeld waren und dieser Junge sah schon von hinten ziemlich gut aus. Mercy grinste und wandte sich ihrem Handy zu. Zehn Minuten später hörte Mercy den Busfahrer fluchen und der Bus kam ratternd zum stehen. Der Busfahrer stieg aus und sah nach was los war. Musste das ausrechnet heute sein?! Mercy murmelte einige Verwünschungen gegen den Busfahrer. ›› Hey! Der Fahrer kann nichts dafür.‹‹ sagte eine Stimme neben ihr. Der Junge neben Mercy hatte sich vom Fenster abgewandt und schaute ihr ins Gesicht. Er hatte stechend graue Augen. Mercy war das unangenehm und streckte sich, um nach draußen sehen zu können. ›› Ich bin Luan. Meine Familie und ich sind erst vor kurzem hierher gezogen.‹‹ Mercy seufzte. Schluss mit schüchtern sein. ›› Ich bin Mercy.‹‹ Luan grinste. Er war hübscher, als Mercy gedacht hatte. Seine hellen blonden Haare standen etwas verwuschelt von seinem Kopf ab und sein Lächeln ließ Mercys Temperatur steigen. Sie wandte sich ab, damit er nicht sah, dass sie rot wurde. ››Ist dir heiß?‹‹ Scheiße. Luan beugte sich besorgt zu ihr herüber. Zum Glück kam der Busfahrer wieder herein und der Bus holperte vorwärts, sodass es Luan zurückriss. Mercy nahm ein Buch aus ihrer Schultasche und hielt es sich vors Gesicht. ››Du hältst das Buch verkehrt herum.‹‹ Mercy wurde, wenn das noch ging, noch röter. Sie drehte das Buch um. Luan hatte offenbar respektiert, dass sie lernen wollte und hatte sie wieder dem Fenster zugewandt. Die ersten Sonnenstrahlen fielen ihm ins Haar. Mercy betrachtete ihn über die Buchkante hinweg. Doch die Sonne wurde bald daraufhin von einer der zahlreichen Wolken verdeckt. Als der Bus endlich an der Haltestelle der Schule angekommen war, schnappte Mercy sich ihren Rucksack und sprintete in Richtung Schule. Wenn sie zu spät kam würde sie diese garstige Schnecke von Mathelehrerin fertigmachen. Sie konnte diese Frau einfach nicht leiden. Doch als sie durch die Schultüre geschlüpft war, merkte Mercy, dass sie noch zehn Minuten Zeit hatte. Mercy pfefferte ihre Jacke in ihren Spind und rannte dann den Gang entlang auf ihre Klasse zu. Auf dem Gang tummelten sich viele Schüler und um die siebte Klasse hatte sich eine wahre Menschentraube gebildet, die nur aus kichernden Mädchen bestand. Vor Mercys Klasse standen zwei Mädchen, die miteinander plauderten. Die eine hatte lange schwarze Haare und kakaobraune Haut. Die andere hatte hellbraune Haare und Sommersprossen. Die beiden schienen Mercy nicht zu bemerken bis diese genau vor ihnen stand. Die mit den Sommersprossen umarmte sie laut kreischend. ››Hey, schon gut Cassie.‹‹ beruhigte Mercy ihre Freundin. Die mit der kakaobraunen Haut umarmte sie ebenfalls. ››Wir haben gewettet wann du kommst.‹‹ sagte sich lächelnd. ››Penny! ‹‹ Die drei waren Freundinnen seit dem Kindergartenalter. Penny, eigentlich Penelope, war die ruhige und kreative. Cassie, eigentlich Cassiopëia, war die aufgedrehte und freche. Mercy, eigentlich Mercedes, war die schüchterne und immer humorvolle. ››Mercy, wie schaffst du es immer so braungebrannt zu bleiben?‹‹ Mercy zuckte mit den Schultern. Ihre Haut war immer noch so schön braungebrannt wie im Sommer. Ihre blonden Haare hoben sich sichtbar davon ab. ››Was ist dahinten eigentlich los?‹‹ ››Oh, die haben einen neuen Schüler, der anscheinend ziemlich gut aussieht.‹‹ erzählte Penny kurz. Mercy dachte an Luan. Sie schüttelte den Kopf und bahnte sich ihren Weg in ihre Klasse. Sie setzte sich auf ihren Platz neben Penny und holte ihr Mathezeug heraus. Zwei Minuten später läutete es. Penny holte ein Blatt Papier heraus und begann zu zeichnen. Cassie versuchte aufzupassen, denn ihre letzte Schularbeit war nicht so berauschend gewesen. Mercy zog ein Buch aus ihrem Rucksack und begann zu lesen. Fünf Minuten später klopfte es an der Türe. Mrs. Julan vom Sekretariat kam durch die Türe gestöckelt. Mercy dachte an ihren Elternbrief, der bis gestern abzugeben war und der noch immer in ihrem Zimmer lag. Hoffentlich würde Mrs. Julan sie nicht vor der ganzen Klasse blamieren. Mrs. Julan räusperte sich. Es klang als würde ein Vogel Schluckauf haben. Mercy tat so als würde sie ihr Buch lesen, um nicht Mrs. Julan zuzuhören, die irgendetwas von verschobenen Wandertagen faselte. ›› Ihr habt zwei neue Schüler, die ich euch vorstellen möchte,‹‹ sagte sie in ihrer hohen piepsigen Stimme.‹‹ ››Darf ich vorstellen: Elja Anderson und Luan McEvans.‹‹ Mercy, die sich vorher nicht sonderlich um Mrs. Julan gekümmert hatte, sah bei der Erwähnung von Luans Namen auf. Mrs. Julan öffnete die Türe und ließ zwei Leute herein. Es war der Junge aus dem Bus. Blonde Haare und diese stechend grauen Augen. Luan setzte sich in die Jungshälfte der Klasse und das Mädchen neben

Mercy. Sie hatte dem Mädchen nicht viel Beachtung geschenkt, denn sie hatte sich nur um Luan gekümmert. Sie hatte lange rote Haare, die ihr um den Kopf flatterten. Ihre Augen waren auch rot. Doch wie konnten Augen rot sein? ››Wahrscheinlich trägt sie Kontaktlinsen.‹‹ dachte sich Mercy und wandte sich wieder ihrem Buch zu. Das Mädchen, Elja fiel ihr ein, holte einen Block und einen Bleistift heraus und begann mitzuschreiben. Als es zur Pause geläutet hatte stürzte Pennys älterer Bruder in die Klasse und zog Penny mit sich nach draußen. Cassie schaute Mercy fragend an, doch diese zuckte nur mit den Schultern. Während Penny weg war unterhielten sie sich über ihre regenfreien Tage. Mercy erzählte gerade von ihren langweiligen Besuchen bei Henry, als sich Luan, der Junge aus dem Bus, zu ihnen gesellte. ›› Hi Mercy.‹‹ ›› Hi ‹‹ murmelte Mercy und Cassie zog eine Augenbraue hoch. Mercy sah ihr an, dass sie mit ihrer Vermutung richtig gelegen hatte. Cassie fand ihn hübsch. ›› Ich bin Cassie.‹‹ sagte Cassie und streckte Luan die Hand entgegen. Er stellte sich ebenfalls vor und schüttelte Cassies Hand. Doch diese ließ seine Hand los, als hätte er sie elektrogeschockt. Luan schaute Cassie verwirrt an. Cassie sah ebenfalls durcheinander aus. ››Was ist los?‹‹ fragte Mercy sie. ››Er hat mich elektrisiert.‹‹ antwortete sie nüchtern, während sie Luan immer noch prüfend musterte. Kurz bevor die Pause zu Ende war kam Penny ziemlich aufgewühlt herein. ›› Was ist passiert?‹‹ fragte Mercy. Penny schüttelte den Kopf, warf aber Cassie einen bedeutungsvollen Blick zu. Cassie zog die Augenbrauen zusammen, ein Zeichen dafür, dass sie böse überrascht war. ›› Leute? Was ist los?‹‹ ›› Nichts. ‹‹ erwiderten Penny und Cassie im Chor. Mercy zog ihre Augenbrauen hoch. ››Was wollte dein Bruder?‹‹ fing Mercy an zu bohren. ›› Er...er wollte mir nur von dem neuen Schüler erzählen.‹‹ ›› Und ist er wirklich so hübsch?‹‹ fragte Cassie. Penny nickte. Cassie kicherte. Wenn Penny einen Jungen hübsch fand, musste der schon aussehen wie ein Gott. Mercy war immer noch neugierig, was für Sachen zwischen Penny und Cassie liefen, von denen sie nichts wusste. Sie wurde immer misstrauischer, denn die Beiden unterhielten sich den Rest des Tages nur noch im Flüsterton miteinander und ignorierten Mercy völlig. Leider konnte Mercy auch nicht herausfinden was denn so spannend war. Als der Unterricht zu Ende war, wollte Mercy Penny und Cassie noch einmal zur Rede stellen, doch die Beiden verschwanden fluchtartig. Sie seufzte und machte sich auf den Weg nach draußen. Der Himmel war immer noch eine graue Wolkendecke, doch es hatte zu regnen aufgehört. Mercys Mutter holte Mercy in ihrer Limousine ab. Nicht schon wieder. Die anderen Schüler zeigten auf die Limousine und fingen an zu tuscheln. Mercy versuchte schnell und unbemerkt an ihnen vorbei zu hasten. Jedoch ohne Erfolg. Sie öffnete die Türe und setzte sich hinein. ›› Mom, du hast doch versprochen diese glamourösen Auftritte zu lassen.‹‹ ›› Tut mir Leid, Mercedes.‹‹ Musste sie nach einem Auto benannt worden sein? Es war so ätzend. ››Nenn mich Mercy.‹‹ Mercys Mutter seufzte und trat aufs Gaspedal. ›› Und wie war dein Tag heute?‹‹ ›› Wir haben zwei neue Schüler. Einen Jungen namens Luan und ein Mädchen namens Elja. Sie sind ganz nett.‹‹ ››Interessant. Und wie geht es Penny und Cassie?‹‹ ››Ganz gut. Sie verhalten sich etwas komisch. Mom, weißt du vielleicht was....‹‹ Das Handy von Mercys Mom klingelte und sie zog es aus den Tiefen ihrer Tasche. Es war Pennys Mom. Während des Gesprächs wurde das Gesicht von Mercys Mutter immer düsterer. Nachdem sie aufgelegt hatte, atmete sie tief durch und sagte: ››Wir holen jetzt Chloe und dann fahren wir zu Henry.‹‹ ›› Was ist passiert Mom?‹‹ Mercys Mom schwieg. Als Chloe ins Auto einstieg, schien sie die düstere Stimmung zu spüren, denn sie fragte: ›› Was ist los?‹‹ ››Wir fahren zu Henry.‹‹ ›› Aber warum?‹‹ fragte Mercy. Mercys Mom warf ihr einen düsteren Blick zu. ›› Deine Grams ist wieder da.‹‹

Zwei

Vor Henrys Haus waren viele Autos geparkt. Mercy erkannte das Dienstauto ihres Dads und die Autos von Pennys und Cassies Eltern. Seit wann kannten Cassie und Penny Henry? Geschweige denn wo er wohnte. ›› Mom, was ist hier los?‹‹ ›› Kommt, ihr werdet es gleich erfahren.‹‹ Im Wohnzimmer von Henry war die komischste Ansammlung von Menschen, die Mercy je gesehen hatte. Auf Henrys Sofas saßen Penny und Cassie mit ihren Eltern und Geschwistern. Henry stand an die Wand gelehnt da. Im einen Sessel saßen Luan – was tat der den hier?- und ein Junge, der offensichtlich sein großer Bruder war und wahrscheinlich auch der Typ, den Penny hübsch genannt hatte. Sein Haar war, im Gegensatz zu Luans, hellbraun. Man konnte unter dem T-Shirt deutlich seine muskulöse Brust sehen. Mercy konnte sehen wie Cassie die Beiden Brüder betrachtete. Hinter dem Sessel stand eine strengaussehende Frau, die aussah wie Luans Mutter. Sie hatte ebenfalls helle blonde Haare, doch hatte sie diese zu einem Knoten nach hinten gebunden. Auch Elja und ihre Mutter standen in einer Ecke des Raumes. Mercys Großmutter saß auf einem Polster in der Ecke und schaute erwartungsvoll in die Runde. Sie sah so aus wie immer. Mercy wollte zu ihr hinrennen und sie umarmen, doch sie hielt sich zurück. Mercys Dad kam auf Mercys Mom zu und begrüßte sie. Mercy setzte sich mit Chloe auf den anderen Stuhl. Ein unangenehmes Schweigen begann. Mercys Mutter durchbrach das Schweigen: ›› Ich denke Henry sollte Mercedes und Chloe eine Geschichte erzählen.‹‹ ›› Aber Mom ich kenne schon alle seine Geschichten! ‹‹ Mercys Mom warf ihr einen strengen Blick zu. Henry trat in die Mitte der

Leute und begann zu erzählen: ›› Im 15 Jahrhundert lebten zwei Brüder mit ihren Frauen in einer kleinen Hütte am Rande eines Waldes. Der Landgraf erließ wöchentlich neue Gesetze und erhöhte die Steuern. Doch die Brüder und ihre Frauen waren zu arm um die Steuern zu zahlen und deshalb zogen sie in ein anderes Dorf indem die Gaukler wohnten. Dort wurde man nur aufgenommen, wenn man etwas Außergewöhnliches konnte. Die Frau des einen Bruders war die Tochter einer Hebamme gewesen und hatte deshalb gute Kenntnisse über Kräuter. Die andere Frau konnte so furchterregend Schreien, dass manche Menschen die ihren Schrei hörten taub wurden. Der eine Bruder konnte besonders gut mit Tieren umgehen und verstand ihre Sprache. Der zweite Bruder war übernatürlich stark und besiegte alle seine Gegner. Doch in diesem Dorf lebte ein alter Mann der sehr weise war, er sagte den anderen Dorfbewohnern sie sollten die neuen Anwerber nicht aufnehmen, denn sie würden Unglück bringen. Aber die Bewohner hörten nicht auf ihn. Kurze Zeit später statteten die Brüder dem alten Mann einen Besuch ab und sagte sie hätten gehört, dass er die Dorfbewohner vor ihnen gewarnt hätte. Der alte Mann bestätigte dies. Die Brüder erkannten, dass der Mann die Wahrheit sprach, wollten aber nicht, dass diese eintraf, deshalb töteten sie den alten Mann. Bevor dieser seinen letzten Atemzug tat, stieß er noch eine Verwünschung aus: ››Eure Gaben werden euch zum Fluch werden.‹‹ Die Brüder und ihre Frauen begannen den Fluch des Alten bald zu spüren. Die eine Frau wurde zur Hexe. Die andere Frau zur Banshee. Der erste Bruder zum Werwolf und der zweite zum Vampir. Der Vampir holte sich jede Nacht ein Opfer, von dem es Blut trank bis es starb. An jedem Vollmond wurden Verluste an

Vieh beklagt, die der Werwolf gerissen hatte. Der Schrei der Banshee war tödlich. Und die Hexe zündete schlussendlich das ganze Dorf an. Die vier Verfluchten flohen aus dem Dorf und ließen sich in den Bergen nieder, um ihre Fähigkeiten unter Kontrolle zu bringen. Dann teilten sie sich auf, denn zusammen brachte sie zu viel Unglück. Die Hexe ließ sich in einem Dorf nieder und heiratete einen netten Mann. Sie schaffte es ihre Fähigkeiten für Gutes einzusetzen. Doch ihre Nachfahren würden noch sehr unter ihrem Fluch zu leiden haben, denn ab Ende des 15. Jahrhunderts wurden Hexen öffentlich verbrannt. Einige konnten sich retten und überlebten bis in die heutige Zeit. Der Vampir versuchte mehr Tiere als Menschen zum Opfer zu nehmen. Auch einige seiner Nachfahren machten es gleich, doch einige gaben dem Blutdurst nach und wurden gepflöckt. Der Sage nach, dass Vampire ewig leben, stimmt auch nicht. Der älteste unter ihnen wurde an die 200 Jahre, aber normalerweise werden sie so alt wie echte Menschen. Der Werwolf zog sich in den Wald zurück, wo er und seine Nachfahren viele Jahrzehnte lang lebten. Irgendwann brachten seine Nachfahren es dann fertig, gegen den Fluch zu kämpfen und sich immer noch im Klaren darüber zu sein, was sie waren, auch wenn sie schon verwandelt waren. Die Banshee heiratete auch einen Mann, verließ ihn aber wieder, denn er war hart zu ihr. Seitdem bekommen Banshees immer nur weibliche Nachfahren und trennen sich von deren Vätern. Wir nennen die zwei Männer und zwei Frauen, die Gründer.‹‹ Einige Minuten herrschte Stille. ››Und dieses Märchen soll wahr sein?‹‹ fragte Mercy. Alle anwesenden nickten. Mercy schüttelte den Kopf. Das konnte nicht wahr sein. Wo war sie hier? War das ein Traum? Oder gehörte ihre Familie jetzt plötzlich irgendeiner komischen Sekte an? Wenn jetzt irgendwer noch sagte, dass Elvis lebte, würde sie auszucken. ››Doch es ist wahr, Mercy.‹‹ sagte nun Mercys Großmutter. ››Ich, deine Eltern und deine Schwester wir sind Hexen. Auch deine Freundin Penelope ist eine Hexe.‹‹ Mercy sah Penny an, die kurz nickte. Es war die Sekte. Ganz sicher. ››Das heißt wir sind verwandt?‹‹ fragte Chloe. ››Ziemlich weit verwandt, aber ja ihr seid verwandt. Deine andere Freundin Cassie kommt aus der Familie der Vampire.‹‹ Mercy schaute zu Cassie und diese zeigte grinsend ihre spitzen Eckzähne. Oh mein Gott, wann hatte sie sich die Eckzähne so spitz schleifen lassen? War das irgendein Ritual? Sie musste unbedingt zum Zahnarzt. ››Elja, hier, ist eine Banshee. Dein Freund Henry ein Werwolf. Genauso wie seine Söhne.‹‹ Mercys Großmutter zeigte auf Luan und dessen Bruder. Das waren also Henrys Söhne. Interessant. Sie hätte gehofft wenigstens Luan wäre normal. Sie versuchte einmal mitzuspielen. ››Und warum wussten alle davon nur ich nicht?‹‹ fragte Mercy. ››Weil du, mein Kind, weder ein Vampir, eine Banshee, ein Werwolf noch eine Hexe bist.‹‹ Wollen sie mich jetzt im Zuge ihres Treffens töten? ››Was bin ich dann?‹‹ Mercy ging ein „Du bist ein Zauberer, Mercy.“ durch den Kopf. ›› Du bist ein Dämon. Vor Jahrhunderten haben sich die vier Familien wieder getroffen, doch dies endete in einem Blutbad, denn jeder konnte den anderen töten. Also taten sich Werwölfe und Vampire zusammen um sich an den Hexen und Banshees zu rächen. Sie wollten Kinder großziehen, die die Macht hatten, die Hexen und Banshees auszurotten. Doch diese Kinder, halb Vampir, halb Werwolf, waren zu stark und flüchteten von ihren Eltern. Sie legte ganze Dörfer in Schutt und Asche. Sie wurden mit der gemeinsamen Hilfe von Hexen und Banshees getötet.

Danach schlossen die Familien ein Abkommen, dass sie nie wieder solche Kinder erzeugen würden. Vor fünfzehn Jahren trafen sich jedoch die Familien erneut und wollten eine ultimative Waffe gegen ihre Feinde erschaffen...‹‹ Krank. Einfach nur krank. ››Ihre Feinde?‹‹ fragte Mercy. ››Die Menschen hatte natürlich etwas von den übernatürlichen Wesen gehört und bestimmte Familien hatten ihre Kinder zu Jägern ausgebildet. Sie sind uns seit jeher auf der Spur. Also die Familien wollten eine Waffe erschaffen, die die Jäger ausrottete. Sie sollte den Todesschrei der Banshee, die magischen Fähigkeiten der Hexe, die Kraft des Vampires und die tierischen Fähigkeiten des Werwolfes haben. Sie kamen überein, dass die Hexen sie großziehen durften, bis sie sechzehn Jahre alt sei. ‹‹ ››Ich bin diese Waffe.‹‹ flüsterte Mercy, um es bedrohlich zu machen. Die anderen nickten. Das konnte doch nicht deren Ernst sein. ››Ich habe ein Jahr lang das ganze Land nach einer Banshee und einem Werwolf abgesucht, die ungefähr in deinem Alter sind.‹‹ Mercy sah zu Elja und Luan. ››Aber warum habe ich mich dann zu Vollmond nie in einen Werwolf verwandelt oder habe Leuten Blut aus dem Finger gezogen, wenn sie geblutet haben?‹‹ Das wäre natürlich ein großer Spaß gewesen. ››Wir haben deine Fähigkeiten unterdrückt. Du warst zu gefährlich um es dir selbst beizubringen. Morgen fängst du mit dem Training an.‹‹ ››Aber ich bin doch noch gar nicht sechzehn...‹‹ Mercy versuchte sich hinauszuwinden, doch ihre Großmutter blieb stahlhart. Waren alle Sekten so dickköpfig.››In einer Woche wirst du sechzehn, aber wir haben die Jäger schon näher kommen gespürt, deshalb musst du so bald wie möglich mit deinem Training anfangen. Da morgen Vollmond ist, schlage ich vor, dass du mit

Werwolftraining anfängst. Ich denke es ist das schwierigste Training, deshalb hast du auch zwei Lehrer.‹‹ Sie machte eine ausladende Geste zu Luan und seinem Bruder. Mercy konnte sich das Grinsen nicht verkneifen. Gleich würde ihre Großmutter aufspringen und verkünden, dass dies ein Scherz sei. Doch sie stand nicht auf. Auch sahen alle anderen Leute sehr Ernst aus. Mercy wischte es das Grinsen aus dem Gesicht. ››Hört mal...Das kann doch nicht euer Ernst sein. Wenn ihr in irgendeiner komischen Sekte seid......Schön. Aber lasst mich da raus. Das ist nämlich echt krank.‹‹ Ihre Grams schaute sie traurig an. ››Leider, meine Kleine, ist dies keine Sekte. Denn wäre es eine Sekte könnten wir austreten, doch so einfach ist es nicht. Wir sind bis auf unser Lebensende dazu verdammt dieses Schicksal zu tragen.‹‹ Jetzt ging sie mit der Sache entschieden zu weit. ››Grams, hör zu....‹‹ Doch ihre Großmutter stand auf und schnippte mit ihren Fingern. Sofort fingen die Lampen im Zimmer an zu flackern und erloschen dann komplett. Einige Minuten lang war alles schwarz, dann erblickte Mercy ein Licht. Eine kleine Flamme tanzte auf der Fingerspitze ihrer Grams. ››Grams, wie machst du das?‹‹ fragte Mercy verwundert. ››Ich bin eine Hexe.‹‹ Mercy machte den Mund auf, sagte jedoch nichts. Ihre Großmutter ließ die Flamme auf ihrem Finger erlöschen und entzündete wieder die Lampen. Mercy starrte die anderen ratlos an. Sie schienen nicht sehr überrascht. Bis auf Chloe, die nun ebenfalls ihre Hand in Richtung einer Lampe ausstreckte und diese zum Flackern brachte. ››Chloe....‹‹ Chloe sah sie aus ihren großen Augen an. ››Sie hat recht, Mercy.‹‹ Mercy bezweifelte, dass Chloe zu so etwas in der Lage war, jedoch konnte sie diesem ganzen Hexenkram keinen richtigen Glauben schenken. Henry stieß sich von der Wand ab. ››Ich denke ich hole mal den Kuchen.‹‹ sagte er und kam wenig später mit drei riesigen Kuchen wieder herein. Alle setzten sich munter schwatzend um den Tisch und begannen zu Essen. Nur Mercy war noch immer etwas verwirrt. Sie erwartete, dass sie gleich aufwachen würde und von ihrer Mathelehrerin Schimpf bekommen würde, weil sie im Unterricht geschlafen hatte. Doch sie wachte nicht auf. Sie probierte es sogar mit der alten Methode und zwickte sich in den Arm. Doch alles blieb so wie immer. Das konnte nicht wahr sein. ››Das ist kein Traum.‹‹ sagte eine Stimme hinter ihr. Es war Luans älterer Bruder. Wie hieß er noch mal? Hatte er sich überhaupt vorgestellt? Mercy sah ihm in die Augen. Das gleiche grau, wie bei Luan und Henry. Aber sonst sah er den Beiden überhaupt nicht ähnlich. Sein Gesicht schien perfekt gemeißelt zu sein. Starke Wangenknochen und sein Mund....Als er Mercys Blick bemerkte lächelte er. Mercy war sich sicher, dass dieses Grinsen viele Mädchen zum umfallen bringen würde. Sie unterdrückte den Laut der aus ihrer Kehle dringen wollte und schluckte. ››Ich bin übrigends Scander, Luans großer Bruder.‹‹ Seine Stimme war angenehm warm. Mercy schüttelte sich ein wenig. Sie würde sich nicht in seinen Bann ziehen lassen. ››Ich bin Mercy, aber das weißt du vermutlich schon.‹‹ Scander nickte immer noch grinsend. Er sah wirklich hübsch aus. Mercy konnte nicht anders. Sie bemerkte jedes kleinste Detail. Das Licht von Henrys Lampe schimmerte auf Scanders haselnussbraunen Haaren. Mercy wandte sich ab. Sie hätte ihn gerne gefragt ob er schon eine Freundin hätte, aber dazu war sie dann doch zu schüchtern. ››Was werde ich lernen?‹‹ fragte sie stattdessen und schaute dabei die Flammen an. ››Morgen nehmen wir dich in den Wald mit. Luan wird dir ein bisschen die verschiedenen Tierarten zeigen und Spuren lesen beibringen. Ich werde dir während deiner Verwandlung helfen. Ich hoffe das passt?‹‹ ››Danke.‹‹ sagte Mercy leise. Scander ging zurück zum Tisch und holte sich ein Stück Kuchen. Mercy setzte sich auf den Sessel neben Elja und nahm sich ebenfalls ein Stück Kuchen. Immer wieder warf sie verstohlene Blicke zu Scander, der sie aber nicht zu bemerken schien und ein angeregtes Gespräch mit seinem Bruder führte. Mercy wandte sich schlussendlich zu Elja um. ››Also sind deine Augen normalerweise auch rot?‹‹ Elja nickte und schlürfte an ihrem Kaffee. Ihr langes rotes Haar war, wie Mercy jetzt bemerkte, von schwarzen Strähnen durchzogen. Sie war hübsch. Aber wahrscheinlich waren das alle Banshees. Denn nur so konnten sie Männer verführen. Mercys Eltern warfen Mercy nervöse Blicke zu. Sie wusste was sie dachten, doch Mercy war es egal ob sie ihre biologischen Eltern waren oder nicht. Für sie waren sie diejenigen die sie großgezogen hatten und sie liebte sie. Sie suchte nach Chloe. Sie saß auf dem Schoß ihrer Großmutter und ließ sich von ihr eine Geschichte erzählen. Für ein Mädchen, das gerade erfahren hatte, dass sie eine Hexe war, war Chloe ganz schön ruhig. Doch Mercy war auch ruhig. Glaubte sie nun tatsächlich diesen ganzen Kram? Sie versuchte noch einmal nachzudenken, doch irgendwie freundete sie sich mit dem Gedanken an eine Dämonin zu sein. Sie wusste nicht woran es liegen konnte, doch Mercy war nicht im Mindesten schockiert. Vielleicht weil es ihr alles wie in einem Traum vorkam. Endlich konnte sie Abenteuer erleben und in eine andere Welt eintauchen. Mercy kam das zu schön vor um wahr zu sein. Sie konnte ja entscheiden ob es echt war oder nicht, wenn sie sich morgen verwandelte. Sie setzte sich auf die

Couch vor den Kamin und sah die Flammen an. Aber wenn es tatsächlich wahr war? Wenn sie wirklich eine Dämonin war? Würde sie lernen ihre Kräfte zu kontrollieren? Würde sie Menschen das Leben retten? Aber was wenn sie nur Unheil brachte, würde man sie dann auch vernichten wie man es mit den anderen Kindern getan hatte, so viele Jahre zuvor?

Drei

Mercy wachte auf der Couch auf, auf der sie gestern eingeschlafen war. Die Strahlen der Sonne drangen durch den Spalt im Vorhang. ››Aufwachen Engelchen. Training beginnt.‹‹ Zu ihren Füßen saß Scander und hielt ihr eine Tasse mit heißer Schokolade entgegen. Mercy wäre fast von der Couch gefallen. ››Ähhh...Danke.‹‹ Sie schlürfte ihre heiße Schokolade aus und ging mit frischer Kleidung ins Bad. Sie schaute sich in den Spiegel. Ihre blonden Haare standen in einer wilden Mähne von ihrem Kopf ab, als ob sie ein Zombie wäre. Ihre dunkelbraunen Augen waren noch verschlafen. In diesem Aufzug hatte Scander sie gesehen. Wie peinlich. Wie lange war er wohl schon dagesessen? Sabberte sie im Schlaf? Hoffentlich nicht. Nachdem sie ihre Haare in einem Pferdeschwanz nach hinten gebunden hatte, sah sie nur mehr halb so schlimm aus. Und auch kein bisschen mehr wie ein Engelchen. Sie zog die Kleidung an, die Scander ihr gegeben hatte. Eine Jogginghose und ein weiter Pullover. Sie sah aus wie eine Frau in Schwangerschaftskleidung. ››Das ist nicht dein Ernst, oder?‹‹ fauchte sie Scander an als sie aus dem Bad kam und auf ihre Kleidung zeigte. ››Ich finde du siehst darin nicht so schlecht aus, aber natürlich gibt es hübschere Sachen. Diese Kleidung ist angenehm wenn du dich verwandeln willst.‹‹ Auch Scander trug eine Jogginghose und ein T-Shirt, aber bei ihm sah das nur halb so blöd aus wie bei Mercy. Vermutlich lag es auch daran, dass Männer keine Schwangerschaftskleidung trugen. Sie schüttelte den Kopf. ››Ich bring dich zum Wald. Luan erwartet dich dort schon. Ich komme so gegen sieben zu dir.‹‹ Mit diesen Worten ging er zur Türe und machte diese auf. ››Kommst du, oder nicht?‹‹ Seufzend ging Mercy ihm nach.

Im Wald war es kalt. Mercy war froh, dass sie ihre dicke Jacke angezogen hatte. Luan wartete auf sie vor einer großen steinernen Höhle. ››Guten Morgen, Mercy.‹‹ ››Morgen, Luan.‹‹ ››Na dann legen wir einmal los.‹‹ Scander winkte ihr zum Abschied. Luan ging durch das dichte Blätterdach voraus. ››Es ist immer gut dich orientieren zu können, deshalb werden wir den ganzen Wald einmal durchwandern.‹‹ Mercy stöhnte. Sie wusste wie riesig der Wald war. Luan grinste und ging tiefer in den Wald hinein. Mercy folgte ihm. Der Wald wurde immer dunkler, aber das hielt Luan nicht davon ab, auch noch jedes kleinste Detail von jedem Baum an dem sie vorbeikamen zu erwähnen. Jedes Tier, das sie sahen wurde von ihm in Gruppen einsortiert. Mercys Gehirn hörte nach einiger Zeit auf die Tiere in Beutetiere, Beutetiere, aber nur im Notfall und giftige Tiere zu gliedern. Nach drei Stunden verkündete Luan, dass sie nun umkehren würden. Der Junge hatte irgendwo eine Schraube locker. Wie konnte man mit einer solchen Leidenschaft drei Stunden lang von jedem einzelnen Baum die Lebensgeschichte erzählen? Mercy war derart fertig, dass sie, als sie wieder bei der Höhle ankamen, auf den Höhlenboden sank und das Gesicht in ihren Knien vergrub. Luan setzte sich lächelnd neben sie. ››Ich denke das reicht fürs erste. Scander müsste bald kommen.‹‹ Tatsächlich kam Scander wenige Minuten später zu der Höhle und Luan verabschiedete sich. ››Und wie war der Trip in die unendliche Langeweile?‹‹ Mercy musste grinsen. Sie war also nicht die einzige, der Luan mit seinen Vorträgen auf die Nerven ging. ››Versprich mir, dass ich das nie wieder machen muss.‹‹ ››Tut mir leid, aber es sieht so aus als müsstest du da noch einmal durch. Aber die Verwandlung heute Nacht wird nicht so langweilig, das verspreche ich dir.‹‹ Mercy, die bei Scanders Worten das Gesicht verzogen hatte, konnte nun nicht anders als zu grinsen. Scanders Augen funkelten bei dem Wort Verwandlung auf, wie Sterne. ››Gut. Wie lange haben wir noch?‹‹ fragte Mercy. ››Ungefähr noch eine halbe Stunde.‹‹ ››Müssten Luan und Henry nicht auch hier sein?‹‹ ››Sie machen die Verwandlung in Henrys geschütztem Keller. Dort können sie nicht ausbrechen, falls etwas schief läuft.‹‹ ››Ich dachte sie könnten sich unter Kontrolle halten.‹‹ ››Luan war noch nie so gut im Verwandeln und Henry hat sich auch lange nicht mehr mir anderen Werwölfen verwandelt. Meine Mutter wird auf Beide aufpassen. Sie hat sich meistens unter Kontrolle.‹‹ ››Ist Henry nicht dein Dad? Warum nennst du ihn dann Henry und nicht Dad?‹‹ ››Henry war nie wirklich mein Dad. Meine Mom ist mit uns geflüchtet, weil sie von dir gehört hatte und dachte, du seiest eine zu große Gefahr für uns, doch Henry musste bleiben um die Hexen zu überwachen. Er ließ seine Familie ziehen, weil das Wohl einer ganzen Stadt in Gefahr war.‹‹ ››Aber war das nicht mutig?‹‹ ››Naja eigentlich schon, aber als er merkte, dass von dir keine Gefahr ausging, wollte er uns nicht zurückholen. Wir dachten, du hättest die ganze Stadt zerstört und unseren Dad mit ihr.‹‹ ››Er hat immer fast geweint, wenn jemand euren Namen erwähnt hat...‹‹ ››Vielleicht dachte er wir hätten ihn inzwischen vergessen, aber meine Mutter hat keinen Tag damit verbracht an ihn zu denken. Als dann deine Großmutter kam und uns erzählte was passiert war, wurde meine Mutter sauer auf meinen Vater und wollte zuerst nicht zurückkehren, doch ich konnte sie überreden. Sie und Henry werden schon irgendwie miteinander auskommen.‹‹ Mercy nickte. Die Sonne ging unter und die dichten Wolken begannen sich vom Mond wegzuschieben. ››Mercy, wenn der Mond hervorkommt, wirst du dich verwandeln. Du musst dich auf etwas konzentrieren um bei dir zu bleiben.... ‹‹ Die Wolken schoben sich endgültig vom Mond weg und Mercy spürte einen Schmerz in ihrem Körper, den sie noch nie gespürt hatte.

Es fühlte sich an als ob jeder einzelne Knochen in ihrem Körper brechen würde. Mercy wünschte sich, dass sie einfach in Ohnmacht fallen könnte, doch leider bekam sie alles mit. Scander hatte sich schon verwandelt. Er schien es schon öfter gemacht zu haben, denn er war innerhalb von drei Minuten zu einem Wolf mit hellbraunem Fell geworden. Sein Körper schien sich nicht mehr zu wehren wie Mercys. Mercys Gesicht zog sich in die Länge und ihr wuchs eine Schnauze. Plötzlich konnte sie alles riechen. Viel besser als sie es je riechen konnte. Sie roch Scanders Fell und das Harz der Bäume draußen vor der Höhle. Scander hatte sogar in seiner Wolfsform noch seine stechend grauen Augen. Er beobachtete Mercys schmerzhafte Verwandlung. Nach zehn Minuten -, die sich für Mercy angefühlt hatten wie zwei Stunden,- lag Mercy als zusammengerolltes weißes Fellbündel auf dem Höhlenboden. Ihr Kopf pochte. Es fühlte sich an als wollte irgendetwas eine Barriere in ihren Kopf durchbrechen. Mercy wusste, dass das ihre wölfische Seite war, die sie in die Schranken weisen musste. Wenn sie es zuließ, dass der Wolf von ihr Besitz ergriff, würde sie eine blutrünstige Bestie werden. Sie versuchte, mit dem letzten bisschen Kraft es zurück zu halten. Es gelang ihr einiger Maßen, doch ihr Kopf pochte immer noch. Scander schaute sie lange an und zeigte dann mit dem Kopf Richtung Höhlenausgang. Mercy tapste ihm langsam nach. Draußen war die Luft kühl, doch Mercy gefiel es wie der Wind durch ihr Fell strich. Scander stupste sie mit der Schnauze an und rannte weiter in den Wald hinein. Mercy musste sich erst daran gewöhnen mit vier statt mit zwei Beinen zu laufen. Scander und Mercy legten die Strecke, für die Luan und Mercy drei Stunden gebraucht hatte, in nur einer halben Stunde zurück. Als sie an der Stelle angekommen waren, an der Luan umgedreht hatte, ließ sich Scander in Gras fallen. Mercy legte sich neben ihn. Sie rollte sich zu einem weißen Ball aus Fell zusammen. Scander legte seinen Kopf neben ihren und schloss müde die Augen. Mercy sah in den dichten Wald, der im Licht des Mondes silbern glitzerte.

Vier

Mercy wachte in der Jogginghose und dem weiten Pullover auf, die Sachen die sie gestern getragen hatte, bevor sie sich verwandelt hatte. Sie lag zusammengekauert auf dem Boden. Neben ihr lag Scander, der immer noch schlief. Sogar im Schlaf sah er unglaublich gut aus. Seine haselnussbraunen Haare fielen ihm in die Augen. Mercy setzte sich auf und begann kleine Ästchen und Moosbüschel aus ihren Haaren zu fischen. Sie musste aussehen wie eine Wilde die Tage lang durch den Wald geirrt war. Schrecklich. Sie drehte sich von Scander weg, um an einen kleinen Bach zu gehen, wo sie ihr Gesicht waschen wollte. Das Wasser war erfrischend und weckte Mercys Lebensgeister. Die Sonne ging gerade auf und warf ihr goldenes Licht zwischen den Bäumen hindurch. ››Du warst nicht schlecht gestern.‹‹ Scander lag auf seine Ellbogen gestützt da und betrachtete Mercy. Hoffentlich hatte er sie nicht gesehen mit diesem ganzen Waldzeug in ihren Haaren. Aber wahrscheinlich war er schon länger wach, als sie dachte. Mercy stand langsam auf und wischte sich mit ihrem Ärmel über das Gesicht. ››Nicht jedem gelingt es gleich beim ersten Mal die Wolfseite zurück zu halten. Aber du bist ja unsere kleine Dämonin.‹‹ Mercy schnitt ihm eine Grimasse. Schon in der Früh so idiotisch. Das Licht der Sonne schien durch ihr Haar und gab ihm einen leicht goldenen Glanz. Sie sah aus, als würde sie ein Lichtkranz umgeben. Scander grinste. Er stand auf und machte sich auf den Rückweg. Mercy stapfte ihm hinterher. Ihre Entscheidung war letzte Nacht endgültig gefallen. Sie war eine Dämonin. Das ganze hier war echt. Sie hatte es am eigenen Leib gespürt. Mercy hastete hinter Scander her durch das Unterholz. Er war schwer mit ihm

Schritt zu halten, doch Mercy schaffte es. Irgendwie. Konnte er nicht langsamer gehen? Wenn Mercy anfing zu schnaufen hörte sie sich an wie eine alte Dampflokomotive. Sie rief zu Scander nach vorne, in der Hoffnung, dass er stehen bleiben würde: ››Was steht heute auf dem Plan?‹‹ ››Banshees. Ich bringe dich zu Eljas Haus.‹‹ Scander verlangsamte sein Schritttempo nicht im Geringsten. ››Wie konntest du dich so schnell verwandeln?‹‹ Mercy versuchte ihre Stimme normal klingen zu lassen, doch sie hörte sich dennoch an, als wäre sie einen Marathon gelaufen. ››Übung. Ein Werwolf zu sein ist schwierig. In den nächsten Tagen, wirst du wahrscheinlich Heißhunger auf rohes Fleisch haben, aber sonst wird alles normal bleiben.‹‹ Na wundervoll. Zum Glück war sie nicht Vegetarierin. Konnten Werwölfe eigentlich Vegetarier sein? Mercy hatte keine Ahnung. ››Bist du schon einmal so einem Dämonen wie mir begegnet?‹‹ Scander schüttelte den Kopf. Grams hatte ihr doch gesagt sie sei die einzige Dämonin, warum stellte sie solche blöden Fragen. ››Du bist etwas besonderes. Du bist unsere Waffe.‹‹ Mercy seufzte. Jaja, sie war diese Sagenumwobene Waffe, die alle retten würde. Blah blah blah. ››Werde ich sterben müssen?‹‹ Mercy war dieser Gedanke schon gekommen, als sie das mit der Waffe zum ersten Mal gehört hatte. Damals hatte sie jedoch gedacht, es handle sich um ein Sektenritual. Scander sah sie an. Seine grauen Augen wirkten noch etwas verschlafen. Er zuckte mit den Schultern und schaute dann beschämt zu Boden. ››Ich bin also nur eure Waffe. Wenn ich sterbe, dann werdet ihr von den Jägern getötet werden. Es liegt also alles bei mir. Und was macht ihr wenn ich mich weigere?‹‹ ››Ich wünschte ich könnte sagen, dass wir dich dann in Ruhe lassen, aber das werden wir nicht tun. *Sie* werden dich nicht in Ruhe lassen. Die Jäger werden versuchen, dich für sich zu gewinnen. Du bist stärker als wir alle. Wir hoffen alle, dass du uns retten kannst.‹‹ Sie war ja anscheinend heiß begehrt. ››Ich werde darüber nachdenken. Aber wenn ich flüchten will, wirst du mir dabei helfen?‹‹ Scander nickte. Er biss auf seine Unterlippe. Wahrscheinlich machte ihn das nervös. Seine hellbraunen Haare fielen ihm fast vor die Augen. Mercy zwang sich wegzusehen. Dieser Junge war viel zu perfekt um ein Mädchen wie sie nur zu bemerken, doch wenn er ihr helfen wollte zu flüchten lag ihm vielleicht doch etwas an ihr. Sie fragte sich insgeheim, ob sie beide nun Freunde waren. Hoffentlich. ››Du solltest dieses Wunschdenken lassen.‹‹ dachte sie sich. Scander drehte den Kopf zu ihr und wollte gerade etwas sagen, als plötzlich ein Pfeil wenige Zentimeter an Mercys Gesicht vorbei flog. Scander warf sie zum Boden und duckte sich ebenfalls. Mercy lag mit dem Rücken im Gras und sah hinauf zu Scander, der auch aus dieser Perspektive nicht schlecht aussah. ››Was war das?‹‹ flüsterte Mercy. Scander wollte gerade antworten, als dicht über ihm ein zweiter Pfeil flog. Er landete über Mercy, die ihm nun direkt ins Gesicht sah. Seine grauen Augen musterten ihre. Mercy atmete flach. Sie hörte einige Stimmen nicht weit entfernt. ››Sie waren gerade noch hier! Wo können sie hin verschwunden sein?‹‹ Es war eine tiefe Stimme, die klang wie die eines Bären. ››Vielleicht sind sie in die Stadt gerannt und haben ihre Freunde aufgesucht.‹‹ Die zweite Stimme klang heller, jedoch hatte sie etwas an sich an dem man erkannte, dass der zweite Mann dem ersten Mann die Befehle erteilte. Scander und Mercy hörten Zweige knacken und die Stimmen entfernten sich. Scander lag immer noch über ihr. Sie spürte seine angespannten Muskeln unter seinem T-Shirt auf ihrer Brust. Er sah ihr noch immer in die Augen. Sie spürte seinen Atem auf ihrem Gesicht. ››Ummm...Scander?‹‹ Er blinzelte und stand langsam auf. Mercy, die die ganze Zeit die Luft angehalten hatte, stieß diese nun hörbar aus. ››Entschuldigung. Ich wollte dich nur beschützen....‹‹ Weiter kam er nicht, denn zwischen den Zweigen kam ein Mann hervor. Er trug einen Bogen mit Pfeilen, die eine hölzerne Spitze hatte oder mit Silber überzogen waren. Holz war eine der sichersten Methoden um einen Vampir zu töten, das Silber war für die Werwölfe. Er hatte auch eine Pistole, die mit kleinen zugespitzten Holzstücken und Silberkugeln gefüllt zu sein schien. Er hatte auch ein Feuerzeug an seinem Gürtel hängen um ein Feuer zu entzünden, das Hexen vernichten konnte. Auch hingen Ohrenschützer an seinem Gürtel für den Fall, dass eine Banshee schreien würde. ››Hey! Hier sind sie ja. Ein Werwolf wie ich sehe. Eure Sippe erkannt man ja schon an den Augen. Diese stechenden Augen kommen nur unter Wölfen vor. Und du? Du bist kein Werwolf, du hast keine roten Augen, also auch keine Banshee, keine blasse Haut, also kein Vampir und diese magische Aura der Hexen umgibt dich auch nicht....‹‹ Es war der erste Mann, der die Bärenstimme hatte. Der Jäger zuckte mit den Schultern und holte seine Pistole hervor. ››Vielleicht sehen wir ja was du bist wenn ich deinen Freund hier töte.‹‹ Er schoss auf Scanders Bein. Dieser war einen Moment lang verwirrt, doch dann verzog er sein Gesicht schmerzerfüllt und sackte sofort zusammen. Mercy schrie vor Wut auf. Das hätte er nicht tun dürfen. Sie lenkte ihre Wut gegen diesen Mann und dann geschah etwas, dass der Jäger und Mercy nicht hätten kommen sehen. Mercy schaltete ihren Verstand ab und ließ sich von ihren Gefühlen leiten. Die Bäume um den Jäger herum fingen Feuer und schlossen ihn ein. Als die Flammen ihn fast erreicht hatten sprang Mercy hinein in den Feuerkreis und hielt die Flammen zurück. Sie entblößte ihre spitzen Eckzähne und lief vor um sie in den Hals des Jägers zu schlagen. Der holte einen angespitzten Holzscheit hervor und versuchte ihn Mercy in den Rücken zu rammen, doch Mercy war schneller. Sie schlug ihm das Holzstück aus der Hand und rammte ihre Zähne in seinen Hals. Es schmeckte süß. Süßer als Mercy angenommen hätte. Ihr Körper verlangte nach mehr, doch sie besann sich und ließ von dem Jäger ab. Sie merkte wie das Blut an ihrem Hals herunter rann und wie der Jäger sie verblüfft anstarrte. Er schien nicht zu wissen was er nun tun sollte. Gestärkt von dem Blut des Jägers sprang sie aus dem Feuerkreis hinaus und auf Scander zu. Er sah aus wie eine Marionette, der man die Fäden durchgeschnitten hatte. Sie hielt ihm die Hände auf die Ohren. Dann schrie sie. Sie schrie so laut wie sie noch nie geschrien hatte und zog den Feuerkreis dabei immer enger. Sie wusste nicht, ob es wirksam war, was sie machte, doch ihre Dämonin siegte über ihren Verstand. Das letzte was sie von dem Jäger hörte war ein angsterfüllter Schrei, der sich mit ihrem Banshee-Gekreische vermischte. Es hallte in Mercys Ohren nach, selbst nachdem sie aufgehört hatte zu schreien. Das Feuer verebbte und Mercy löste ihre Hände von Scanders Ohren. Dieser atmete nur mehr flach. Sie hatte einen Menschen getötet. Einen echten, lebenden Menschen. Doch wenn sie es nicht getan hätte, wäre Scander gestorben und das hätte sie sich nie verziehen. Scander hustete leicht. Mercy musste ihn schnellstens nach Hause bringen. Sie nahm ihn auf die Schultern, was ihr erstaunlicherweise ziemlich leicht fiel, dank ihrer Vampirkräfte, und rannte so schnell sie konnte zu ihrem Haus.

Nachdem sie sturmgeklingelt hatte, öffnete ihre sichtlich verärgerte Mutter die Türe. ››Was glaubst du eigentlich...‹‹ Doch sie hielt mitten im Satz inne als sie Scander auf Mercys Schultern liegen sah und Mercys blutverschmiertes Gesicht erblickte. Mercy legte Scander auf das Sofa und Mercys Mom holte einige Zangen und andere Sachen, die man zum Verarzten brauchte. ››Wasch dir erst einmal das Gesicht und dann erzähl mir was passiert ist.‹‹ Mercy wusch sich schnell den Mund und erzählte ihrer Mutter dann was passiert war, während diese die Silberkugel aus Scanders Bein fischte. Mercy war froh, dass ihre Mutter früher einmal Ärztin gewesen war und wusste wie man eine Silberkugel aus einem Bein holte. Sie berichtete ihrer Mutter alles haargenau und ließ nur den Teil mit dem Fluchtversuch aus. Ihre Mom verband inzwischen Scanders Bein. ››Bleib bei ihm. Ich werde mit den anderen darüber reden.‹‹ Mercys Mutter ging hinaus in den Gang und fing an zu telefonieren. Mercy setzte sich neben Scander auf die Sofakante. Sie strich ihm sein hellbraunes Haar aus der Stirn. Scander machte die Augen auf und Mercy zog schnell ihre Hand zurück. ››Tut mir leid, falls ich dich geweckt haben sollte.‹‹ Scander schüttelte den Kopf. ››Ich wollte schon immer ein Mädchen kennen lernen, das mich durch die Gegend schleppen kann.‹‹ sagte er schwach. Mercy musste grinsen. Sie wusste nicht, ob das ein Kompliment gewesen war, aber wenn scherzen konnte, konnte es ihm nicht so schlecht gehen. ››Du warst großartig. Danke.‹‹ sagte er. Mercy wischte sich mit dem Ärmel über ihren Mund. Dort wo wenige Minuten zuvor noch

Blut geklebt war. Sie hatte genau das getan, wovor Scander sie gewarnt hatte. Sie hatte die Kontrolle über sich verloren und sich nur mehr von ihren Gefühlen leiten lassen. Mercy schämte sich dafür.

Wenig später war ihr Wohnzimmer voller Leute, denen Mercy ihre Geschichte noch einmal erzählen musste. Ab und zu ergänzte Scander noch Kleinigkeiten. Es ging ihm schon wesentlich besser. Er saß aufrecht auf der Couch mit einem verbundenen Bein. Mercy betrachtete ihn besorgt. Hätte sie ihn schneller hinausbringen können, wenn sie schneller reagiert hätte? Wahrscheinlich nicht. Henry wandte sich ihr zu. ››Am besten du gehst jetzt du Elja und lässt dich von ihr unterrichten.‹‹ meinte er und alle anderen stimmten zu. Mercy wollte zwar im Moment nichts lieber sehen als ihr Bett, aber sie musste lernen sich zu kontrollieren. Chloe saß in einer Ecke und ließ die Flamme einer Kerze immer wieder an und aus gehen. Ihre Haare hatten einen orange – roten Ton angenommen. Sie starrte konzentriert auf die Flamme. Mercy ging zu ihr hinüber. ››Hey, Chloe.‹‹ Chloe sah auf. ››Ich glaub, du musst jetzt gehen, Mercy.‹‹ ››Ja stimmt. Krieg ich eine Umarmung? Chloe wir werden uns in nächster Zeit nicht so oft sehen. Alles hat sich ein bisschen verändert.‹‹ Chloe sah sie aus ihren dunklen braunen Augen an. Die gleichen die Mercy hatte. Chloe stand auf und umarmte ihre Schwester. Chloe ging Mercy gerade mal bis zur Brust, doch sie vergrub ihren Kopf in Mercys Ellenbogen. Mercy legte ihren Kopf in Chloes Halsbeuge und atmete ihren Geruch ein. Sie roch so vertraut, nach Zuhause. Chloe hielt ihren Ärmel fest. Mercy löste sich von ihr. ››Ich muss gehen, Chloe.‹‹Chloe nickte. Mercy tat Chloe leid. Sonst war sie immer für ihre kleine

Schwester da gewesen, doch nun konnte sie das nicht. Elja stand auf und streckte Mercy die Hand entgegen. Ihre roten Haare flatterten wie Flammen um ihren Kopf. Ihre Augen sahen aus wie kleine Feuer. Mercy nahm ihre Hand und verabschiedete sich von den anderen. Elja nickte den anderen höflich zu und öffnete dann die Türe, um nach draußen zu gehen. Sie Sonnenstrahlen verliehen Eljas Haare noch mehr einen feuerroten Ausdruck. ››Und? Wie war dein erstes Mal?‹‹ Mercy blieb abrupt stehen. Elja lachte. ››Ich meinte deine Werwolfsverwandlung, Mercessa.‹‹ Mercessa? War das ihr Ernst? Vermutlich wollte sie nur nett sein.››Spannend.‹‹ Elja zog eine Augenbraue hoch. ››Läuft da irgendwas zwischen dem McEvans Jungen und dir?‹‹ ››Welchen meinst du?‹‹ Elja konnte sich das Lachen nicht verkneifen. ››Scander.‹‹ Mercy schüttelte den Kopf, doch ihr Herz lief Marathon. Elja schaute amüsiert weg. Sie führte Mercy zu einem großen alten Haus, das etwas außerhalb der Stadt stand. Die Türe knarzte etwas als sie eintraten. ››Das Haus hat meiner Großmutter gehört. Sie ist vor ein paar Jahren gestorben.‹‹ erklärte Elja und brachte sie nach oben in einen schallsicheren Raum. Elja war selbstbewusst und stark. Doch Mercy konnte gut andere Menschen einschätzen und wusste, dass hinter jedem noch so starkwirkenden Menschen ein Geheimnis steckte. Doch sie würde Elja nicht danach fragen. Noch nicht. Elja machte eine ausladende Geste in Richtung der Schalldichten Wände. ››Nur zur Sicherheit. Na dann, schrei los.‹‹ ››Und was ist mit dir? Stirbst du nicht daran?‹‹ ››Wir Banshees sterben doch nicht an unseren eigenen Schreien! Na los! ‹‹ Mercy dachte wieder an den Jäger, der Scander ins Bein geschossen hatte. Wut kochte in ihr hoch und dann schrie sie. Elja grinste, als hätte Mercy gerade ihre ersten Worte gesagt. ››Gar nicht so schlecht. Aber am besten ich zeige es dir einmal. Du musst nicht nur deine Wut in den Schrei bringen, sondern auch Furcht, Trauer und auch etwas Freude.‹‹ Dann schrie Elja und Mercy schien das Blut zu gefrieren. Eljas Schrei war voll von jenen Dingen die sie Mercy gerade genannt hatte. Etwas war passiert, dass sie so fühlen ließ. Viel Trauer schwang daraus hervor. Als Elja geendet hatte, glotzte Mercy sie an. ››Wie machst du das?‹‹ ››Stell dir einfach die Sachen vor, die dich ängstlich, wütend und traurig machen.‹‹ Elja sagt das so leicht heraus, doch Mercy wusste, dass es schwierig werden würde. Sie dachte an das ängstlichste Erlebnis, das sie je gehabt hatte. Sie erinnerte sich, dass sie einmal als sie fünf war, alleine im Wald gespielt und sich dann verirrt hatte. Damals hatte sie eine Höllenangst gehabt. Die Bäume hatte ausgesehen, wie Ungeheuer mit langen rankigen Fingern. Sie hatte leise Stimmen im Wind gehört und als sie versucht hatte aus dem Wald heraus zu rennen hatte sie sich immer weiter verirrt. Mercy wusste nicht mehr wie sie dort herausgekommen war, doch ihre Eltern hatten ihr erzählt, dass sie als sie aus dem Wald zurückgekehrt war, voller Kratzer und Dreck, irgendetwas von einer Fee gemurmelt hatte, die ihr den Weg gewiesen hatte. Mercy versuchte diese Angst in ihr wieder aufsteigen zu lassen und gleichzeitig an den Jäger zu denken. Es war gar nicht so einfach. Dann versuchte sie noch die Trauer um ihre Großmutter, als sie verschwunden war, mit einzubinden. Und dann ließ Mercy einen Schrei los, der, trotz der Schalldämpfung, die Vögel draußen von den Bäumen vertrieb.

Fünf

Fünf Stunden später tat Mercy der Hals weh und ihr Kopf brummte. ››Ich denke das reicht für heute.‹‹ Mercy war das nur Recht. Elja lehnte lässig an der Wand und sah, im Gegenteil zu Mercy, überhaupt nicht erschöpft aus. Mercy hatte sich die restlichen fünf Stunden die Seele aus dem Leib gebrüllt. Jetzt tat ihr Hals weh und sie war ziemlich reizbar. Elja brachte sie zurück zu ihrem Haus. Scander saß noch immer auf dem Sofa. Er las ein Buch, von dem er, als Mercy herein kam, aufblickte. Er las? Mercy dachte Scander, würde jede freie Minute seines Lebens im Fitnessstudio verbringen. Doch er saß dort und las. So wie Mercy es oft tat. Sie schüttelte lächelnd den Kopf, setzte jedoch sofort wieder eine strenge Miene auf. ››Und wie war das Schreien so?‹‹ In Scanders Gesicht war wieder etwas Farbe zurückgekommen. ››Wenn du es noch einmal erwähnst, dann schreie ich, aber ohne dir vorher die Ohren zu zuhalten.‹‹ schnauzte sie ihn an. ››So schlimm? Na da bin ich aber froh, dass ich ein Werwolf bin.‹‹ Mercy blickte ihn böse an. Jetzt war keine Zeit für Scherze und sie war auch nicht für Scanders blöde Sprüche in der Stimmung. Er hob die Hände wie um sie zu ergeben und klopfte auf das Sofa. Mercy setzte sich seufzend neben ihn und schaltete den Fernseher ein. Wenigstens ließ er sie in Ruhe. Der Film ››Dracula‹‹ lief und Scander und Mercy hatten Spaß daran, die Fehler zu finden. Scander lenkte sie ab und aus Mercys Vorhaben den restlichen Tag nur noch Trübsal zu blasen wurde nichts. Wenn es auch schlechte Veränderungen in ihrem Leben gab, Scander war eine gute. Wenn nicht sogar die beste. Er war ihr bester Freund und nahm sie nicht nur als Mittel zum Zweck war. So wie alle anderen. Sie lehnte sich gegen seine Schulter. Seine Muskeln spannten sich kurz an. Doch nach einiger Zeit entspannten sie sich wieder. Mercys Augen wurden schwer. Dracula lachte boshaft auf und Mercy schlief an Scanders Schulter gelehnt ein.

Am nächsten Morgen wachte Mercy in ihrem Bett auf und fragte sich wie sie dorthin gekommen war. Sie war doch gestern neben Scander auf dem Sofa gesessen und dann war sie eingeschlafen. Es konnte doch sein, dass.....Aber nein. Scander würde das niemals tun. Sie schüttelte den Kopf. Dafür war sie viel zu schwer. Mercys Mutter steckte den Kopf zur Türe herein. ››Guten Morgen. Hast du gut geschlafen? Scander hat dich gestern hierhinein gebracht. Heute bist du bei Penny.‹‹ Seufzend stieg Mercy aus ihrem Bett. Also hatte er es doch getan. Hoffentlich hatte sie nicht im Schlaf gesprochen und irgendetwas Peinliches gesagt. Ihre Mutter hatte ihr schnell eine Scheibe Brot mit Butter bestrichen. Mercy aß sie schnell auf und zog sich dann an. Sie setzte sich aufs Sofa und wartete bis Penny kam. Eine halbe Stunde später stand Penny vor ihrer Tür. Die beiden gingen sofort los zu Penny nach Hause, wo Penny sie in ihr Zimmer brachte. ››Heute wollte ich eigentlich mit einer Feuerlektion anfangen, aber du weißt ja anscheinend schon wie das funktioniert. Nur noch eine Sache zum Feuer. Wir Hexen können zwar Feuer erzeugen, aber wir dürfen ihm nicht zu nahe kommen. Es kann uns genauso töten. Na dann, kommt Wasser als nächstes.‹‹ Sie holte eine große Schüssel und füllte diese mit Wasser voll. Sie nahm ein kleines Plastikboot und setzte es vorsichtig in die Schüssel. ››Na dann. Versuche so hohe Wellen zu erzeugen, dass es das Boot hinaus aus der Schüssel schwappt.‹‹ Na gut spielen wir mit den Plastikboot, dachte Mercy. Sie schaffte es nach einigen Versuchen tatsächlich, dass Boot aus der Schüssel hinaus zu schwappen. Danach versuchten sie es an dem Fluss, der nahe an Penny Haus floss noch einmal. Mit verschiedenen Gegenständen. Und zum Schluss sogar mit Penny selbst. Mercy beschwor eine riesige Welle herauf auf der sie Penny durch den Bach trug. Penny lachte, doch nach einiger Zeit wollte sie wieder hinunter. Mercy jedoch dachte gar nicht daran. Dies endete in einer großen Wasserschlacht. Penny und Mercy gingen tropfend zum Haus zurück. ››Ich dachte mir nie, dass Hexe zu sein so lustig ist. Aber hast du denn keinen Zauberstab? Keinen Zaubertrank? Wo ist dein Hut oder deine Warze? Und hast du auch eine schwarze Katze?‹‹ Penny musste schon wieder lachen. ››Nein, wir brauchen keinen Zauberstab. Geht alles durch die hier.‹‹ Sie wackelte mit ihren Fingern und ließ kleine Funken sprühen. ››Zaubertränke können wir herstellen, doch sind sie nicht immer wirkungsvoll. Ich würde davon abraten. Und Hut und Warze sind nur Accessoires, die Geschichtenerzähler dazu erfunden haben, um Hexen noch gruseliger erscheinen zu lassen.‹‹ Mercy nickte. ››Und die Katze?‹‹ Penny grinste und zeigte auf eine Katze, die am Waldrand herumschlenderte. Sie war schwarz. Bis auf ihre Augen. Die waren gelb. ››Tira.‹‹ ››Du hast mir nie gesagt, dass du eine Katze hast.‹‹ ››Jede Hexe hat ihre eigene. Es wird ein bisschen dauern, aber vermutlich bekommst du auch einmal eine. Es gibt nicht viele Hexenkatzen. Sie kommen aus einer eigenen Familie. Wenn eine Hexe jung stirbt kann es sein, dass ihre Katze den Besitzer wechselt.‹‹ Tira verschwand im Wald. Mercy und Penny gingen weiter. Doch wenige Meter davor hielt Penny Mercy am Arm fest. ››Meine Mom wird nicht gerade sehr froh darüber sein, dass wir das ganze Haus dreckig machen.‹‹ Penny zeigte Mercy eine alte Feuerstelle hinter dem Haus. Mercy setzte sich hin und beschwor ein Feuer herauf. Am knisternden Feuer unterhielten sich die Beiden. Mercy erzählte Penny von Scander und ihrer Verwandlung. Penny hörte aufmerksam zu. Dann räusperte sie sich. Sie schaute Mercy an. Als hätten sie ihr etwas zu sagen, was für Penny unangenehm war. ››Mercy, du solltest etwas wissen. Du kannst nicht wie die anderen Dämonen vor dir von einer anderen Rasse getötet werden, denn du vereinigst alle in dir. Du bist das gefährlichste Wesen das je geschaffen wurde. Du solltest auf unserer Seite bleiben, denn nur wir wissen was in dir vorgeht. Jäger haben keinerlei Ahnung wie sie deine Fähigkeiten ausbilden sollen.‹‹ Mercy nickte. Sie wusste, dass sie nicht getötet werden konnte. Wie denn auch? Kein Übernatürliches Wesen konnte auf Menschenart sterben. Sie konnten nicht krank werden. Nur durch Altersschwäche konnten sie sterben. Und durch Feuer, Holz, Silber und, für die Banshees, an ihrem eigenen Weinen. Mercy hatte am Morgen die Bücher durchgearbeitet, die ihre Mom ihr gegeben hatte. Sie war nun etwas schlauer geworden, doch einige Fragen hatten ihr die Bücher nun doch nicht beantworten können. Als ihre Kleidung getrocknet war, machte Mercy sich wieder auf den Weg nach Hause. Penny verabschiedete sich von ihr und sagte ihr, dass sie ja mit Chloe etwas üben könnte. Auf Mercys Rückweg fing es zu regnen an. Sie beeilte sich, um nicht wieder nass zu werden. Als sie endlich Zuhause angekommen war, musste sie feststellen, dass ihr Vater und Chloe vermutlich noch im Zoo waren, zu dem sie in der Früh aufgebrochen waren. Mercy war froh, dass Chloe etwas Abwechslung bekam. Mercys Mutter stand in der Küche und bereitete gerade das Abendessen zu. Vermutlich war Dad schon auf dem Rückweg. ››Mercy, hilfst du mir einmal kurz den Tisch aufzudecken?‹‹ Immer wenn ihre Mutter wollte, dass sie den Tisch aufdecken sollte, dann wollte sie ein ernstes Gespräch mit ihr führen. Mercy wusste zwar nicht, was sie denn schlimmes gemacht hatte, aber sie war trotzdem beunruhigt. Sie nahm die Gabeln und legte sie auf den Tisch. ››Mercy, es geht um Scander.‹‹ Mercy hatte gewusst, dass dieses Thema früher oder später angesprochen werden würde. Trotzdem wurde ihr mulmig zumute. Sie hatte mit ihrer Mutter nicht wirklich über Jungs gesprochen. Sie hatte immer gedacht, dass ihre Mutter schon wüsste, dass Mercy das Richtige tun würde. ››Was ist mit ihm?‹‹ Es könnte ja auch um sein Bein gehen, obwohl Mercy das nicht glaubte. Vielmehr könnte es um sein Benehmen gehen. Mercy dachte, dass ihre Mutter sagen würde, sie solle nicht auf so arrogant werden. Obwohl Mercy gar nicht fand, dass Scander arrogant war. Doch sie glaubte, dass er auf andere so eine Wirkung hatte. ››Du kannst dich nicht in ihn verlieben.‹‹ Mercy ließ die Gabel laut klirrend fallen. Damit hatte sie nicht gerechnet. ››Und warum nicht? Ich darf mich doch wohl in jeden verlieben in den ich mich verlieben will.‹‹ Mercy spürte Wut aufflammen. War sie in Scander verliebt? Sie wusste es nicht, doch sie ließ sich das von ihrer Mutter nicht vorschreiben. ››Du könntest ihn töteten. Überleg doch mal. Im Übrigen lenkt er dich ab. Du kannst dich nicht wirklich konzentrieren und das musst du. Es ist wichtig für deine Ausbildung.‹‹ War das ihr ernst. Sie hatte in dem ganzen Trubel in dem sie jetzt steckte endlich einen Freund gefunden und jetzt durfte sie diesen nicht einmal behalten. ››Dir liegt wohl wirklich nichts an mir, oder?! Du bist nur besorgt, dass ich, die Waffe, beschädigt werden könnte mit so etwas normalem wie der Liebe oder der Freundschaft. Aber vielleicht ist es genau das was ich will. Etwas Normales in meinem Leben. Und du wirst es mir nicht wegnehmen.‹‹ ››Es wäre das Beste für dich, wenn er....‹‹ Mercys Wut stieg noch weiter. Sie stritt auf ihre Mutter zu und schnitt ihr das Wort ab. ››Du weißt nicht was für mich das Beste ist! ‹‹ ››Ich werde deine Großmutter nach einem anderen Werwolf....‹‹ Das war zu viel für Mercy. Nie würde sie Grams nach einem anderen Werwolf suchen lassen. Nie würde sie Scander von seiner Familie trennen. Niemals würde sie ihn von ihr trennen lassen. Sie stürmte auf ihre Mutter zu und schlug ihr die Zähne in den Hals. Es war ein Instinkt. Der Instinkt trieb sie dazu. Da sie als einziges nicht gelernt hatte ein Vampir zu sein und mit Wut und anderen Gefühlen umzugehen, machte sie der Geruch des Blutes noch hungriger. Das süße Blut floss ihr die Kehle hinunter. Es versetzte Mercy in eine Art Trance. Sie saugte immer fester bis ein starker Arm sie vom Blut wegschubste. Mercy fiel in die Ecke und hätte fast den Spiegel kaputt geschlagen. Benebelt richtete sie sich auf allen Vieren auf. Sie sah aus den Augenwinkeln wie Scander ihre Mutter aufhob und sie nach draußen trug. Sie unternahm nichts dagegen. Dazu war sie zu benommen von dem Blutrausch. Mercy kroch bis zum Spiegel und sah hinein. Ihr Gesicht war blutverschmiert und in ihren Augen stand pure Gier. Ihre Haare hatten rote Sprenkel und unter ihre Haut konnte man ihre Venen pulsieren sehen. Ihr Gehirn wurde klarer und ihr wurde bewusst, was sie getan hatte.

Als Scander zurückkam fand er Mercy als heulendes Bündel in der Ecke liegen, wo er sie hingeworfen hatte. Ihr Gesicht war immer noch blutverschmiert. Er beugte sich zu ihr hinunter. Seine grauen Augen glänzten vor Kummer. ››Lebt sie noch?‹‹, krächzte Mercy. Scander nickte. ››Mercy, was ist nur in dich geraten?‹‹ ››Sie hat mich wütend gemacht. Sie hat mich als Gegenstand dargestellt nicht als eine Person, die Gefühle hat.‹‹ ››Es ging um mich, oder?‹‹ Mercy nickte. Er hatte natürlich etwas von dem Streit mitbekommen. Das Wohnzimmer, in dem er gelegen hatte, war nicht weit von der Küche entfernt. ››Ich weiß, dass es keine gute Idee ist, dass wir Freunde sind, weil du mich jeder Zeit umbringen kannst. Besonders wenn du dich nicht unter Kontrolle hast, so wie jetzt gerade. Aber ich denke ein bestimmtes Risiko muss man eingehen.‹‹ Mercy sah zu ihm auf. Scander grinste und half ihr auf. Mercy ging zum Waschbecken und wusch sich das Blut aus dem Gesicht. Sie war ein Monster. Mercy sah Scander draußen im Wohnzimmer auf sie warten. Sie konnte nicht darüber reden. Nicht mit ihm und schon gar nicht mit Henry. Mercy rannte auf ihr Zimmer und schloss die Türe hinter sich. Sie sackte an der Türe herab und vergrub das Gesicht in den Händen. Mercy hätte beinahe ihre eigene Mutter getötet. Vielleicht war sie doch zu gefährlich, um noch zu leben. Wer würde als nächstes drankommen? Sie hörte wie Scander die Treppe hinauf kam. Er setzte sich auf die andere Seite der Türe. ››Ich sage jetzt nicht, dass ich es verstehe, denn ich tue es nicht. Ich habe noch nie meine Mutter fast getötet, aber warum willst du nicht darüber reden. Sie lebt noch.‹‹ ››Scander, geh weg. Ich weiß, du willst mir nur helfen, aber ich könnte dich jeden Augenblick umbringen. Ich bin gefährlich. Ich werde alle töten, die ich liebe. Bitte, geh.‹‹ ››Ich bin stärker als deine Mutter ich könnte schon mit dir fertig werden....‹‹ ››Scander, bitte, geh.‹‹ Mercy hörte wie Scander aufstand und nach unten ging. Sie vergrub ihr Gesicht in ihren Knien und begann zu weinen.

Am Abend kam Mercys Vater nach Hause und wollte ebenfalls mit Mercy reden, doch sie ließ die Zimmertüre verschlossen. Auch Chloe versuchte mit Mercy zu reden. Chloes traurige Stimme brachte Mercy fast erneut zum Weinen. Wenig später hörte sie ihren Dad von unten rufen, dass sie mit kommen konnte, um ihre Mutter zu besuchen. Sie raffte sich auf und stolperte die Stufen nach unten. Schließlich konnte sie nicht ewig in ihrem Zimmer bleiben und auch konnte sie sich vergewissern, dass es ihrer Mutter wirklich gut ging. Ihr Vater schaute ihr nicht in die Augen, aber Chloe drückte sich fest an ihre große Schwester. Mercy hatte Angst, dass ihr Vater sie verurteilen würde, doch er drückte Mercys Hand beim vorbeigehen. Chloe blieb bei ihrer Seite. Regentropfen fielen vom Himmel und verschlechterten Mercys Stimmung nur noch mehr. Sie musste an die regnerischen Tage denken, an denen ein Besuch bei Henry nichts Schlimmes gewesen war. Doch nun würde jedes Mal wenn sie zu diesem Haus kommen, irgendetwas passiert sein. Vor Henrys Haus wartete Luan schon auf sie. Er brachte sie hinein und sah Mercy dann lange prüfend an. ››Was?‹‹ Luan hatte wohl bemerkt, dass ihr aufgefallen war, dass er sie beobachtete. ››Nichts. Scander ist oben falls du ihn sehen willst.‹‹ Mercy würde später zu ihm hoch gehen, denn zuerst wollte sie ihre Mutter sehen. Diese lag auf dem Sofa vor dem Kamin und schlief. Sie sah friedlich aus. Mercys Vater und Chloe setzten sich zu ihr. Chloe legte ihren Kopf an den ihrer

Mutter und Mercys Vater nahm ihre Hand. Das war alles ihre Schuld. Wegen ihr waren sie alle so besorgt und traurig. Mercy konnte ihren Anblick kaum ertragen. Als sie dann auch noch die Stelle erblickte an der sie hineingebissen hatte, wurde es ihr zu viel. Sie drehte sich um und rannte aus dem Raum.

Sechs

Mercy war noch nie in Scanders Zimmer gewesen. Obwohl Henry schon lange hier lebte, war es Mercy nie erlaubt gewesen einen der Räume im ersten oder zweiten Stock zu betreten. Scanders Schlafzimmer war im zweiten Stock. Es war ein großer Raum mit einer gläsernen Decke. Man konnte den grauen Himmel draußen sehen. Es hatte zu regnen aufgehört, doch der Himmel sah immer noch bedrohlich aus. Als wollte er Mercy mit schlechtem Wetter dafür bestrafen, was sie getan hatte. Scander saß auf seinem Bett und las ein Buch. Schon wieder. Mercy hätte gerne gewusst, welche Bücher ein Junge wie er wohl gerne las. Doch bevor sie einen Blick auf das Cover erheischen konnte, hatte Scander sie schon entdeckt und legte das Buch zur Seite. ››Ich wusste nicht, dass du kommst sonst hätte ich aufgeräumt. Warum bist du nicht unten bei deiner Familie?‹‹ Scander machte einen besorgten Eindruck. Er musste aus ihrem Gesicht abgelesen haben, dass etwas nicht stimmte. ››Ich kann es nicht ertragen bei ihnen zu sein und gleichzeitig zu wissen, dass ich Schuld dafür bin, dass meine Mom überhaupt hier ist.‹‹ Scander seufzte und stand auf. ››Dein Training bei Cassie fängt morgen an. Du brauchst es.‹‹ Mercy nickte. ››Mercy, willst du vielleicht bei uns schlafen? Ich kann verstehen, wenn du jetzt lieber nicht Zuhause schlafen willst. Überhaupt kannst du dann morgen sofort mit dem Training beginnen. Cassie schläft nämlich auch hier.‹‹ Gut. Sehr praktisch...halt. Was?! ››Cassie?! Warum schläft Cassie hier?‹‹ Scander grinste ihr belustigt an. ››Du weißt es noch nicht?‹‹ ››Was?‹‹ Mercy hasste es wenn sie etwas nicht wusste. Schon wieder. Immer war sie die, die es als Letzte erfuhr. ››Luan und

Cassie.....‹‹ Scander formte ein Herz mit seinen Händen und grinste noch breiter. Also hatte es Cassie wirklich geschafft, sich an den heißen Typen ranzumachen. Wie sie es nennen würde. Naja, spätestens in einem Monat war er schon wieder ersetzt worden. Armer Luan. Sollte er auch einen langweilen mit seinen Vorträgen, so tat er Mercy leid. Aber eine Frage warf sich ihr auf. ››Aber ist das nicht gefährlich? Dürfen sie überhaupt? Ich meine die verschiedenen Gründerfamilien dürfen doch nicht miteinander ausgehen, oder?‹‹ ››Cassie weiß im Gegensatz zu dir wie man sich beherrscht. Und das andere ist ihnen egal, denn du bist ja auch ein Dämon und ziemlich normal...‹‹ Er schaute sie entschuldigend an. ››Bis auf heute.‹‹ sagte Mercy genervt. Dämonin hier, Dämonin da. Ja schön. Sie hatte es sich ja nicht ausgesucht. ››Wenn du trainiert gewesen wärst wäre dir das nie passiert.‹‹ ››Vielleicht hast du recht. Wo soll ich schlafen? Denn das Sofa ist ja schon belegt, weil meine Mom auch hierbleibt.‹‹ Scander zeigte auf das Sofa neben seinem Bett. Sie sollte in seinem Zimmer schlafen. Ihretwegen gerne. ››Wenn du meinst. Ich muss nur noch schnell meine Sachen holen.‹‹ Mercy lief nach unten und aus dem Haus. Ihr Dad und ihre Schwester saßen noch immer bei ihrer Mom. Zum Glück bemerkten sie Mercy nicht. Draußen war es dunkel und nass. Auch Mercys Haus war dunkel. Sie rannte in ihr Zimmer und packte die Sachen zusammen, die sie brauchte. Die Tasche über die Schulter geworfen, wollte sie wieder zurück zu Scander gehen, doch ein silbernes Glitzern erweckte ihre Aufmerksamkeit. Es spiegelte sich an einem Fenster und schien von der gegenüberliegenden Straßenseite zu kommen. Mercy suchte den Gehsteig mit ihren Augen ab. Sie entdeckte eine dunkle Gestalt, die eine Hand senkte in der sie einen Bogen gehalten hatte. Mercy begann zu zittern. Hatte es dieser Jäger auf sie abgesehen? Mercy hoffte nicht. Denn obwohl nicht getötet werden konnte, war sie dennoch nicht unverwundbar. Die Gestalt von der anderen Straßenseite kam auf sie zu. Sie trug einen langen schwarzen Mantel und hatte eine Kapuze auf, sodass Mercy weder ihr Gesicht noch sonst etwas erkenne konnte. Sie konnte noch nicht einmal sagen ob es sich um eine Mann oder eine Frau handelte. Die Gestalt war etwas größer als Mercy, was Mercy eher auf einen Mann tippen ließ. Der Gang der Gestalt war eher jener einer Frau. Mercys Instinkt riet ihr zu fliehen, doch irgendetwas bewegte sie zu bleiben. Die Gestalt kam auf sie zu. Es war Mercy, als müsse sie dem Tod ins Auge blicken. ››Bist du ein Jäger?‹‹ Die dümmste Frage, die sie hätte stellen können. Aber Mercys Instinkt, riet ihr die Antwort abzuwarten. Die Gestalt war zwar sicherlich ein Jäger, doch sie könnte genauso gut der Tod selbst sein. Man wusste ja nie und Mercy überraschte schon gar nichts mehr. Die Gestalt nickte und bedeutete Mercy ihr zu folgen. ››Warum hast du mich nicht getötet? Und warum weiß ich, dass du mich nicht in eine Falle lockst?‹‹ Mercy hatte sich noch nicht von der Stelle bewegt. Sie vertraute doch nicht einem Wildfremden. Er könnte sie genauso gut hinter die nächste Ecke schleppen und ermorden. ››Es ist hier nicht sicher. Vertrau mir einfach.‹‹ sagte eine helle Stimme. Wohl doch eher eine Frau. Mercy fand das etwas komisch. Warum sollte sie dieser Person Vertrauen? Die Gestalt ging in Richtung Wald. Mercy konnte im Nachhinein nicht mehr sagen ob die Neugierde oder ob es ihr Mut war, der sie dazu brachte der Gestalt in den Wald zu folgen. Vielleicht war es auch nur deshalb, weil die Stimme in ihr etwas geweckt hatte. Vertrautheit. Sie hatte diese Stimme schon einmal gehört, aber das war lange her. Sehr lange. Die Gestalt wanderte zwischen den Bäumen hindurch, als ob sie hier leben würde. Tat sie vermutlich auch. Mercy kannte sich von ihrem Streifzug mit Scander und Luan her auch ganz gut im Wald aus und deshalb wusste sie, dass die Gestalt die Lichtung anpeilte, auf der Scander und Mercy geschlafen hatten. Mitten auf der Lichtung blieb die Gestalt stehen und sah sich um. Als sie Mercy erblickte, winkte sie diese näher. Mercy kam näher und blieb genau vor ihrem Gesicht stehen. Die Gestalt zog ihre Kapuze herunter. Die Gestalt war eine Frau. Sie war vielleicht 25 Jahre alt. Ihr Haar war hellblond und ihre Augen eisblau. Sie lächelte Mercy strahlend an. ››Hallo, Schwester.‹‹

Mercy starrte die Frau verblüfft an. ››Was?!‹‹ Sie hatte keine andere Schwester. Sie hatte nur Chloe. Die Frau sah etwas enttäuscht aus, aber sie fing sich wieder. Jetzt schaute sie wütend aus. ››Ich wusste sie würden es dir nicht sagen. Ich bin deine große Schwester. Linnea.‹‹ Die Stimme hatte etwas Beruhigendes und vertrauenerweckendes an sich, doch Mercy blieb skeptisch. ››Aber du bist eine Jägerin. Und ich habe keine große Schwester.‹‹Linnea seufzte und ließ sich auf die Wiese sinken. ››Komm setzt dich. Ich erzähle dir meine Geschichte.‹‹ Mercy setzte sich neben Linnea in die Wiese und hörte ihr zu. Sie wollte Linnea nicht glauben. Ihre Eltern hätten ihr sicher davon erzählt. Doch ihre Eltern hatte ihr so vieles nicht erzählt. ››Ich hatte eine glückliche Kindheit bei meinen Eltern, bis sie davon hörten, dass ein Dämon gezüchtet werden sollte, der uns die Jäger von Hals halten sollte. Meine Mutter meldete sich freiwillig um das Kind auszutragen. Es war eine große Ehre für unsere Familie, als wir auserwählt wurden. Ich war damals acht

Jahre alt. Unsere Familie entsprach den Vorstellungen. Du könntest eine ganz normale Kindheit führen. Wir waren ja so stolz. Neun Monate später wurdest du geboren. Mercedes, du warst so süß. Doch bald merkte ich, dass alles sich nur noch um dich drehte. Du warst ihr Schatz. Niemand durfte dich anfassen und wenn dann nur mit Samthandschuhen. Nicht einmal ich durfte dich halten als du ganz klein warst. Auch haben meine Eltern mich vernachlässigt. Ihnen wäre es gar nicht einmal aufgefallen, wenn ich getötet worden wäre. Ich lief weg von zu Hause, hierher in den Wald. Ich war elf und hatte eine Höllenangst, doch ich fühlte mich besser als Zuhause. Die ganze Stadt suchte nach mir bis sie drei Monate später mein Versteck im Wald fanden. Aber natürlich war ich schon längst weg. Eine Gruppe Jäger hat mich aufgegabelt und mitgenommen. Jäger haben immer gerne magische Wesen in ihren Reihen um die anderen Wesen am sinnvollsten zu töten. Sie nehmen nur jene magischen Wesen auf, die keine sein wollen. Sie sind meine Familie. Sie haben mich großgezogen. Sie haben mich nie vernachlässigt. Die Jäger haben von dem Gerücht über den Dämon gehört und waren auch hergekommen, doch du warst zu gut beschützt. Sie haben mich zur Jägerin ausgebildet. Nun sind sie wieder da, denn sie wollen dich auf unsere Seite bringen, denn nun bist du dem Hexenschutz entzogen. Nun kannst du selbst entscheiden. Sie haben mich geschickt, um dir zu zeigen, welche Fehler die magischen Wesen machen.‹‹
Mercy schwieg. Linnea sah sie prüfend an. Ihre Augen hatte die gleiche Farbe, wie die ihrer Mutter und die hellblonden Haare waren ihren ganz ähnlich. Doch war sie wirklich ihre Schwester? Mercy fasste einen Entschluss. Sie wollte Linnea prüfen.
››Linnea, Mom geht es nicht gut. Willst du sie nicht besuchen

vielleicht heitert sie das auf.‹‹ Linnea begann nervös auf ihre Unterlippe zu beißen. Das kannte Mercy nur zu gut von sich selbst. ››Ich denke nicht, dass das so eine gute Idee wäre.‹‹ ››Komm mit und ich denke noch einmal darüber nach ob ich zu den Jägern gehen will.‹‹ Linnea willigte ein und die beiden machten sich auf den Weg zu Henrys Haus. Schweigend gingen sie die lange Allee aus Bäumen entlang. Mercy war sich immer noch nicht sicher, ob sie wirklich ihre Schwester war, aber sie fühlte bei Linnea eine tiefe Verbundenheit. Ihr kam ein Bild aus ihrer frühesten Kindheit in den Sinn. Ein blondes Mädchen, das vor ihrer Wiege stand und ihr sanft über die Haare strich. Sie wisperte etwas, dass Mercy nicht verstand. Doch Mercy sah die Tränen des Mädchens, als sie ihr einen Teddybären in die Wiege legte und ihr einen Kuss auf die Stirn gab. ››Tschüss, kleine Schwester.‹‹ Dann war die Erinnerung verblasst. Mercy schüttelte den Kopf und sah Linnea prüfend an. Konnte es wirklich sie sein? Mercy klopfte an die großen Tür und Scander öffnete. Er schien erleichtert zu sein. ››Wo warst du denn so lange? Ich dachte dir wäre etwas passiert...‹‹Er erstarrte und musterte Linnea mit einem kritischen Blick. ››Wer ist das?‹‹ sagte er leise an Mercy gewandt. ››Später.‹‹ Mercy schob ihn bei Seite. Scander hastete hinter ihr her. Doch Mercy hatte Linnea am Ärmel gepackt und schleifte sie hinter sich her. Scander gab es auf mit ihr zu reden und trottete hinter ihnen her. Linnea formte mit den Lippen die Worte: Ist er dein Freund? Mercy schüttelte den Kopf. Natürlich hätte Mercy Scander liebend gerne zum Freund, aber das war nicht so einfach. Im Wohnzimmer saßen Mercys Dad und Chloe immer noch bei Mercys Mom. Als Mercys Dad Linnea erblickte, wich all seine Farbe aus seinem Gesicht. ››Linnea? Bist du das? Wir dachten du wärest tot.‹‹ Dann sah Mercy ihren sonst so starken Vater weinen. Und da hatte sie den endgültigen Beweis. Linnea war ihre Schwester. Ihr Vater schloss seine Tochter, die ebenfalls schluchzte, in die Arme. Mercy Mutter wurde durch diesen Tumult geweckt. Sie öffnete die Augen. ››Linnea?‹‹ sagte sie mit krächzender Stimme. Linnea nahm ihre Mutter in die Arme. Scander legte Mercy von hinten die Hand auf die Schulter. Sie spürte wie sein Griff fester wurde, doch sie würde es ihm später erklären. Chloe zupfte an Mercys Pullover. ››Mercy, wer ist das? ‹‹, fragte sie Mercy, die sich zu ihr heruntergebeugt hatte, flüsternd. ››Deine Schwester.‹‹ Chloe starrte Mercy fragend an, als wollte sie sehen, dass Mercy nicht scherzte. Doch Mercy lächelte Chloe aufmunternd zu. Dann lief auch Chloe auf Linnea zu und umarmte sie. Mercy drehte sich um. Diese Familienzusammenführung hätte es nicht gegeben, wenn Scander Mercy nicht von ihrer Mutter weggezerrt hätte. Dann wären sie sich am Grab ihrer Mutter begegnet. Ihre Mutter hätte niemals erfahren, was wirklich mit Linnea passiert war und dass sie noch lebte. Scander schien zu wissen was in ihr vorging und stieg die Treppen hinauf in sein Zimmer. Mercy folgte ihm. Er hatte eine Erklärung verdient, denn ohne ihn wäre es gar nicht so weit gekommen. In Scanders Zimmer ließ sie sich auf seine Couch fallen. Scander sah sich herausfordernd an. ››Und? Wer war das?‹‹ ››Linnea, meine Schwester.‹‹ Mercy gab schnell Linneas Geschichte wieder. Sie wandelte sie aber ab und verriet ihm nicht, dass Jäger sie gefunden hätten. Scander nickte. ››Aber was wollte sie von dir?‹‹ ››Wieso sollte sie etwas von mir gewollt haben?‹‹ ››Weil sie, so wie du es erzählt hast, nicht freiwillig zurückgekehrt wäre. Also, was wollte sie?‹‹ Mercy schwieg. ››Mercy, vertrau mir, bitte. ‹‹ Seine Augen sahen flehentlich aus. Mercy schwieg, doch Scander hörte nicht auf sie anzustarren. Sie musste es ihm erzählen. Sie konnte ihn nicht einfach so hängen lassen. Er hatte ihre Mutter gerettet. Sie war ihm etwas schuldig. Sie musste ihm alles anvertrauen. »Na gut. Sie ist eine Jägerin und wollte, dass ich mich ihnen anschließe.« »Eine Jägerin? Hier? Henry würde das nicht erlauben...« »Aber du bist nicht dein Vater. Sie wird nur kurz bei ihren Eltern sein, bitte·« »Mercy, es ist sicherer. Bring du sie meinetwegen hinaus, aber noch bevor Henry wiederkommt. « Mercy rannte nach unten. Scander hatte recht, wenn Henry bemerkte, was hier vor sich ging, würde er Linnea einsperren oder schlimmeres. »Linnea? Es ist besser wenn du gehst.« Linnea nickte und folgte Mercy aus dem Haus hinaus. Sie hatte wahrscheinlich verstanden, dass es für sie gefährlich war zu bleiben. »Ich denke du findest selbst zurück.« Linnea nickte und Mercy umarmte sie. Sie roch vertraut. Nach dem Wald und nach.....nach Zuhause. Dann wandte sich Mercy wieder ab und wollte zum Haus zurückgehen. »Mercy! Warte!« Mercy blieb stehen und drehte sich wieder zu Linnea herum. »In einem Monat komme ich wieder und ich will, dass du dich entschieden hast.« Mit diesen Worten zog Linnea sich ihre Kapuze über den Kopf und lief in die Dunkelheit.

Sieben

Mercy saß auf Scanders Bett und dachte nach. Scander, der gerade von unten heraufkam, weil Henry nach Hause gekommen war, bemerkte ihren nachdenklichen Blick. Er setzte sich neben sie auf sein Bett. »Du denkst darüber nach was du Linnea sagen wirst, oder?« Mercy nickte. »Wenn ich mit den Jägern mitgehe, werden sie euch töten. Wenn ich nicht mitgehe, werden sie Krieg mit euch führen und dabei werdet ihr auch sterben.« Scander schaute den Regentropfen draußen auf seiner Fensterglasscheibe zu. »Mir wäre es lieber du würdest hier bleiben, aber es ist deine Entscheidung. Wir werden so oder so kämpfen müssen. Mir ist es lieber wenn du hierbleibst, denn dann bist du bei uns. Du gibst den anderen Hoffnung.« Mercy schaute Scander in die Augen. Seine sonst so stechend grauen Augen hatten die Farbe des Himmels draußen angenommen. »Ich denke, wenn ich hierbleibe, könnte ich euch beschützen. Wenn ich zu ihnen wechsle werden sie mich wahrscheinlich gar nicht in eure Nähe bringen. Ich werde euch also gar nicht beschützen können, wenn ich wechsle..« »Also bleibst du bei uns?« Mercy nickte. Es war das Beste. So konnte sie sicher gehen, dass alle sicher waren. Scander strich ihr sanft über den Arm. »Wir schaffen das schon.« »Ich hoffe es. Scander, du wirst bei mir bleiben, oder?« »Immer.« Er beugte sich vor und küsste Mercy. Ein Kuss, der eigentlich schon im Wald bei Mercys erster Verwandlung hätte passieren müssen. Mercys Herz schlug Saltos. Sie hörte auf zu denken. Die Welt hörte auf sich zu drehen. All die Sorgen und Ängste die sie hatte waren ausgelöscht. Jetzt zählte nur noch eines. Scander. Er löste sich wieder von ihr. Seine Augen musterten ihre. Er war so nahe, dass Mercy seinen Atem spüren konnte. »Vertrau mir.« »Denkst du ich würde immernoch hier sitzen wenn ich dir nicht vertrauen würde. Du hast mir geholfen und meiner Mom das Leben gerettet.« »Du hast mir das Leben gerettet Mercy. Vergiss das nicht.« Mercy grinste. »Werde ich nicht. Ich werde es auch nie vergessen können, denn du wirst mich immer daran erinnern.« Scander nickte. Mercy lehnte sich gegen seine Brust, schloss die Augen und genoss das gleichmäßige Klopfen der Regentropfen auf dem Fenster.

Scanders Couch war weich und so wollte Mercy am nächsten Morgen gar nicht mehr aufstehen, doch Cassie zerrte sie von der Couch. Mercy hasste es am Morgen aufzustehen. Doch sie gab sich doch geschlagen und tappte hinter Cassie in einen Raum, in dem ein Tisch mit einem Glas stand. In dem Glas war rote Flüssigkeit. Es war Blut. Mercy wusste es. Sie roch es, sie spürte es. Sie versuchte mit aller Kraft sich von dem Blut fernzuhalten, doch es schien sie anzuziehen. Fast konnte sie schon den süßen Geschmack auf ihren Lippen spüren. Das Gefühlt, dass es in ihr auslöste. Die Glückseligkeit. Das Gefühl wenn es ihren Hals hinunter rann. Wie jemand der Tage lang durch die Wüste gegangen war und zum ersten Mal Wasser trank. Die Erleichterung. Cassies Finger gruben sich tief in ihren Arm. Mercy versuchte sie abzuschütteln. Doch Cassie hielt ihren Arm fest wie ein Schraubstock. Mercy fauchte sie an, trat um sich, doch das alles beindruckte Cassie nicht im Geringsten. Nach einer Weile gab Mercy es schließlich auf. »Na gut. Wir müssen also noch etwas tiefer gehen als ich dachte.« sagte

Cassie. In den nächsten Stunden versuchte Mercy immer wieder sich nicht dem Blutdurst hinzugeben. Cassie war eine gute Lehrerin. Sie brachte ihr bei, dass Tierblut eine gute Alternative bot. Obwohl Mercy immer noch lieber menschliches Blut trank, gelang es ihr, ihr Bedürfnis auch mit dem Tierblut zu stillen. ››Ich denke du wirst nicht mehr so schnell jemanden aufschlitzen.‹‹ sagte Cassie zufrieden am Ende des Tages.

Zwei Tage später hatte Mercy Geburtstag. Sechzehn. Sie hatte sich immer gedacht, dass es eine riesige Feier werden würde, doch die Stimmung der Gäste war etwas gedämpft. Der bevorstehende Kampf wirkte sich auf die Gemüter aus. Sie feierten im Garten vor ihrem Haus. Mercys Mutter, der es schon deutlich besser ging, hatte bunte Lampions aufgehängt. Picknickbänke standen draußen und ein Lagerfeuer brannte daneben, über das die Gäste Marshmallows hielten. Penny, Elja, Cassie und Luan saßen nebeneinander und redeten darüber, wer wohl am stärksten von ihnen sei. Die Erwachsenen berieten, was als nächstes auf Mercys Liste stand. Scander und Mercy saßen unter der Weide im Garten und schauten dem Sonnenuntergang zu. Weit weg von den anderen. Mercy genoss es. Sie hatte viel Spaß gehabt, doch ein bisschen Ruhe war auch ihr gegönnt. Scander wusste das. Seit jenem Abend an dem sie Linnea getroffen hatte, hatte sich nicht viel zwischen den Beiden verändert. Außer, dass Mercy Scander nun ihren Freund nannte. Ihre Eltern hatten nichts dagegen, wie es schien. Doch Mercy glaubte, dass sie einfach viel zu viel mit dem bevorstehenden Kampf beschäftigt waren. ››Ich hab ein Geschenk für dich.‹‹ flüsterte Scander. Er zog eine quadratische Schachtel aus seiner Jackentasche hervor und gab sie Mercy. Sie öffnete die Schachtel vorsichtig. Drinnen lag ein goldenes Armband, das ihren Namen immer und immer wieder wiederholte. Scander half ihr es anzulegen. ›Danke.‹ Scander grinste, aber sein Lächeln dauerte nicht lange an. Mercy wusste was er befürchtete. Die Jäger würden bald wiederkommen.

Der nächste Monat verging schnell. Mercy trainierte mit Cassie, um ihrem Blutdurst zu wiederstehen. Auch Elja und Penny gaben ihr Unterricht. Scander wollte warten bis der nächste Vollmond kam. Mercys Mutter war ebenfalls auf dem Weg der Besserung. Mercy hatte zwar immer noch Angst vor Linneas Wiederkehr, aber Scander beruhigte sie. Als dann der Vollmond kam saßen sie wieder in der Höhle. ›Mercy, du schaffst das. Ich bleibe bei dir.‹ Mercy nickte. ›Scander, wenn wirklich ein Krieg daraus wird bin ich Schuld, oder?‹ ›Nein, du bist nicht Schuld. Schuld sind unsere Eltern. Sie haben dich zu dem gemacht was du bist. Ich meine natürlich nicht deinen Charakter ich rede von der Dämonin in dir.‹ ›Ich weiß. Trotzdem lag die Entscheidung ob ich gehe bei mir und ich habe mich dagegen entschieden.‹ Scander schaute nach draußen. Eine Wolke hatte sich noch vor den Mond geschoben. ›Gleich ist es so weit.‹ Mercy spürte wieder dieses unangenehme Gefühl der Verwandlung in ihrem Körper. Scander stand schon wieder als Wolf verwandelt vor ihr. Als Mercy sich dann endlich in einen weißen Wolf verwandelt hatte, liefen sie durch den Wald auf die Lichtung zu. Doch Scander lief weiter. Immer tiefer rannten sie in den Wald hinein. Es wurde immer dunkler. Mercy versuchte Scander etwas zu zurufen, doch ihr entwichen bloß Wolfslaute. Sie bellte nach vorne. Scander blieb stehen und drehte sich um. Mercy nickte mit dem Kopf in Richtung dem immer dunkler werdenden Wald. Scander verstand sie, doch er sah sie neckisch an und lief weiter. Mercy rannte ihm wiederwillig hinterher. Der Wald machte sie nervös. Scander blieb an einem alten dicken Baum stehen und schaute an ihm hoch. Mercy verstand, dass er ihr etwas sagen wollte, aber er würde es erst morgen machen. Scander rollte sich neben einer Wurzel des Baumes zusammen. Mercy legte sich neben ihn. Sie bettete ihren Kopf auf seinen Rücken und schloss die Augen.

Mercy wachte mit dem Kopf auf Scanders Brust auf. Scander war schon wach und grinste sie an. »Warum hast du mich nicht geweckt?« »Du bist süß wenn du schläfst.« »Also was hat es mit diesem Baum auf sich?« »Die Gründer haben ihn hier gesetzt. Er ist schon sehr alt. Jeder der hier war hat sich hier verewigt.« Mercy sah überall Kerben in dem Baum. Unzählige Namen. Unten war kaum noch ein Platz frei, wo man seinen Namen hätte hinschreiben können. »Kommst du?« Scander war bereits auf den untersten Ast geklettert. Mercy stieg ebenfalls hinauf. Sie mussten weit klettern bis sie endlich Platz fanden. Mercy ritzte ihren Namen in das Holz. Scander setzte seinen neben ihren. Die Sonne fiel durch das dichte Geäst. »Wir sollten zurückgehen.« sagte Mercy. Scander nickte....... und schubst sie vom Baum herunter. Mercy war zu überrascht, um zu realisieren, dass sie flog. Unten angekommen hatte sie sich nichts gebrochen. »Spinnst du?« rief sie in den Baum hinauf. Scander sprang auch hinunter, doch er landete viel geschickter als Mercy, die wahrscheinlich ausgesehen hatte wie ein fliegender Stein. »Das sind unsere tierischen Instinkte.« »Das nächste Mal schubse ich dich vom Baum·« Scander lachte.

Fünf Tage später ging Mercy erneut in den Wald, um dort Linnea zu treffen. Scander begleitete sie bis zur Höhle, dann ging er wieder. Mercy wollte es alleine mit ihrer Schwester klären. Scander verstand das, doch sie sah ihm an, dass er sie nur wiederwillig alleine ließ. Mercy musste nicht lange warten bis Linnea in ihrem schwarzen Kapuzenmantel zu der Höhle kam. »Mercy? Ich habe nicht lange Zeit, denn ich werde gebraucht.« »Ich habe mich dafür entschieden nicht den Jägern beizutreten. Ich weiß, dass das Krieg bedeutet, aber Schwester, ich will nicht gegen dich kämpfen. Bitte, bleib bei mir und deiner Familie.« Linneas Augen waren glasig. »Ich kann nicht. Mercy, wir Jäger schwören einen ewigen Eid. Es tut mir Leid.« »Danke, dass du dir Zeit für mich genommen hast.« Linnea zog wieder ihre Kapuze über. »Wenn wir uns das nächste Mal sehen, dann im Krieg.« Sie verschwand zwischen den Bäumen. Mercy ging ebenfalls aus dem Wald hinaus und suchte Scander. Sie wollte nicht gegen ihre Schwester kämpfen und konnte nur hoffen, dass sie sich von dem Kampf fernhielt. Er saß vor einem Baum und schnitzte etwas aus einem Stück Holz. Mercy setzte sich neben ihn. »Was hat sie gesagt?« »Nichts Neues. Das es Krieg bedeuten wird, da ich ihnen nicht beitrete. Was wird das?« Scander hielt es Mercy hin. Es war ein Wolf. Mercy strich mit ihren Fingern über die kleinen Wolfsohren. »Was werden wir den anderen sagen?« »Die Wahrheit.« Scander schaute zur Stadt hinüber. Die Sonnenstrahlen fuhren durch sein hellbraunes Haar. »Am besten gleich. Die Jäger werden schnell hier sein.« Mercy nickte. Sie hoffte zwar immer noch, dass sie und die Jäger das irgendwie klären konnten ohne einen Krieg zu führen, doch sie wusste, dass das nicht machbar sein würde. Sie musste nun trainieren um ihre Familie zu schützen. Ihre Familie, die sie dazu erzogen hatte zu tun, was sie jetzt tun musste. Vielleicht musste sie sterben, doch sie musste die Leute beschützen die ihr am wichtigsten waren. Scander würde ihr helfen. Er würde sie nicht davon abhalten zu kämpfen, das wusste Mercy, doch er würde alles tun um sie zu beschützen, genauso wie sie ihn beschützen musste. Scander war stark, doch er war nur ein Werwolf. Mercy war eine Dämonin. Sie war eindeutig stärker als er. Scander ging stumm neben ihr her. Er wusste, dass vielleicht viele Menschen ihr Leben lassen würden, um sie zu retten. Mercy dachte an ihre kleine Schwester. Sie musste sie in Sicherheit bringen, bevor ihr etwas Schlimmes zustoßen würde. Sie kamen an den Anfang der Stadt und Scander nahm ihre Hand. Mercy würde diesen Krieg nicht alleine führen müssen.

Acht

Mercy und Scander standen in Henrys Wohnzimmer und erzählten den anderen von Linneas Forderung und Mercys Entscheidung. »Das bedeutet Krieg.« stellte Henry fest. Alle Anwesenden nickten. Cassie stand auf. »Dann sollten wir anfangen uns zu wappnen. Wir sollten Strategien entwickeln und trainieren.« Die anderen nickten und teilten sich sofort in Familien auf um ihre Taktik zu besprechen. Mercy kam sich ziemlich alleine vor. Sie ging einfach zu Scander und dessen Familie. Henry hatte sich zum Leiter des Werwolfteams erklärt. »Am besten wäre es, wenn der Kampf auf einen Vollmond fällt, aber da wir gerade einen hatten und die Jäger, wie wir wissen sehr schnell sind, wird daraus wohl nichts. Wir müssen wohl mit den bloßen Händen kämpfen.« Mercy schien diese Vorstellungen gar nicht zu gefallen. Sie würde dann nicht nur Scander sondern auch noch Henry, Luan und seine Mutter beschützen müssen. Mercys Großmutter fasste Mercy an der Schulter. »Mercy, meine Liebe, ich weiß was du jetzt denkst. Aber ich habe noch andere Werwölfe gebeten zu kommen. Wir sind nicht die einzigen. Es werden auch mehr Hexen, Vampire und Banshees kommen. Wir werden stark genug sein.« Mercy wusste, dass ihre Großmutter nur versuchte sie zu beruhigen, doch Mercy fühlte sich verantwortlich für jeden einzelnen der Mitkämpfenden. Sie schlich leise nach oben in Scanders Zimmer und setze sich auf sein Sofa. Die Sonne schien durch die dichte Wolkendecke. Doch sie verschwand bald wieder. Wenige Minuten darauf fielen die ersten Regentropfen. Mercy hätten diesen Krieg vielleicht verhindern können, doch nun würden viele Menschen sterben, die sie nicht einmal kannte. Dieser

Krieg wurde nur wegen ihr geführt. Wenn sie nicht mehr hier war, würde man diesen Krieg wahrscheinlich gar nicht beginnen. Doch sie konnte nicht getötet werden. Nicht von anderen. Nur von sich selbst. »Mercy? Ich wusste, dass du hier sein würdest.« Mercy drehte sich um. Sie hatte Tränen in den Augen. »Wenn ich nicht wäre, würde dieser Krieg gar nicht stattfinden, oder? Dann müssten keine Unschuldigen sterben? Keine Leute deren Familien ich nicht kenne?« Scander durchquerte mit großen Schritten den Raum und nahm sie in den Arm. Mercy ließ sich in seine Arme fallen. Er musste sie jetzt festhalten, sonst würde sie umfallen. Die Schuld würde sie nach unten drücken. »Mercy, wir sind schon lange mit den Jägern verfeindet. Ein Krieg wäre unvermeidlich. Aber du hast wahrscheinlich den Beschluss der Jäger nur noch verstärkt. Mercy, bitte, ich weiß was du jetzt denkst, aber wenn du nicht mehr bei uns bist, werden alle geschwächt sein und wir werden alle sterben. Ich könnte die anderen nicht beschützen.« »Warum könntest du die anderen nicht beschützen?« »Wenn du stirbst, werde ich auch sterben. «*HausHandndM* Mercy sah zu Scander hoch. Seine grauen Augen musterten sie traurig. Sie schüttelte den Kopf. Scander beugte sich zu ihr herunter und gab ihr einen Kuss auf die Stirn. »Wir schaffen das.« Er klang viel zuversichtlicher, als er klingen sollte, doch es gab Mercy Hoffnung. »Also wie sieht der Plan aus?«

In Henrys Wohnzimmer saßen alle zusammen und diskutierten über die beste Strategie. Henry blickte auf. Als er Mercy und Scander im Türrahmen entdeckte. »Ah, Mercy, da bist du ja. Komm her.« Mercy setzte sich zwischen ihren Vater und Henry.

»Wir müssen gewisse Vorkehrungen treffen. Zum Beispiel sollten wir Ohrschützer tragen, wegen den Banshees. Mercy wir sind dafür, dass du uns anführst. Wäre das in Ordnung?« Mercy nickte. Scander hatte sich hinter ihr auf die Lehne des Sofas gesetzt und drehte eine von Mercys blonden Strähnen zwischen den Fingern. Mercys Großmutter kam aus der Küche. »Essen ist fertig.« Alle stürzten hungrig zu dem großen Tisch. Mercy setzte sich zwischen Penny und Scander. Sie aß nur wenig. Scander schaute öfters besorgt zu ihr. Nach dem Essen wollte Mercy nach Hause gehen, doch Scander hielt sie zurück. »Scander, bitte, lass mich...« Er schnitt ihr das Wort ab, indem er sie die Treppe nach oben zog. »Scander, was....« Er zog sie in sein Zimmer. »Mercy, komm schon. Lass uns einen Film anschauen. « »Scander, wir sollen uns hier auf einen Krieg vorbereiten und du willst dir mit mir einen Film ansehen?!« Kopfschüttelt wollte sie schon wieder nach unten gehen. »Eben deshalb Mercy. Wenn einer von uns stirbt, können wir so etwas nie wieder machen. Es wird dir gut tun.« Seufzend gab Mercy auf und setzte sich vor den Fernseher. Obwohl Scander es als einen Scherz gemeint hatte, machte es sie dennoch besorgt irgendjemanden von den Leuten zu verlieren, die ihr nahe standen. Scander wählte einen seiner Vampir- Filme aus und setzte sich neben Mercy. Sie lehnte sich gegen ihn und schaute sich den Film an. »Weißt du noch wie wir uns Dracula angesehen haben?« Mercy nickte. »Ich habe mich damals gewundert, wie normal du bist.« »Und ich habe mich gewundert, warum ein Junge wie du freiwillig mit mir rumhängen will·« »Ein Junge wie ich?« »Mich haben Jungen, die so aussahen als wären sie aus Büchern herausgekommen, noch nie beachtet·« »Zum Glück hast du ja mich.« sagte er lachend. Mercy lachte ebenfalls. Scander hatte recht gehabt, das Filmschauen tat ihr gut. Scanders Lachen heiterte sie auf. »Scander?« »Hm?« Mercy hatte es ihm nie gesagt, denn sie wusste, dass er es wusste, doch sie wollte es ihm trotzdem sagen. Jetzt nicht bevor es zu spät sein würde. »Ich liebe dich.« Scander drehte seinen Kopf. »Ich liebe dich auch, Mercy. « Er küsste sie. Der Vampir im Fernsehen tötete einen Menschen. Mercy löste sich von ihm und sah ihm in seine grauen Augen. »Wenn wir diesen Krieg überleben, können wir dann zusammen bleiben?« »Ich weiß es nicht, aber ich werde für uns kämpfen.« Mercy legte ihren Kopf an seine Schulter. Der Vampir wurde entlarvt und mit einem Stück Holz gepflöckt. Dieser Abend bei Scander war einer der schönsten Abende in Mercys Leben. Scander machte ihr auf seinem Sofa ein Bett. »Danke.« Sie meinte damit nicht nur, dass er ihr ein Bett gemacht hatte, sondern auch, was er für sie getan hatte. Sie legte sich auf sein Sofa und Scander deckte sie zu. Er legte sich ebenfalls schlafen. Sie hörte seine langen, tiefen Atemzüge. Sie sah zur Decke hoch und betrachtete den Sternenhimmel. Eine Sternschnuppe flog vorbei. Mercy wünschte sich, dass dieser Krieg nie stattfinden würde, doch natürlich wusste sie, dass dieser Wunsch nie in Erfüllung gehen würde.

Scanders Stimme weckte Mercy. Es war zwei Uhr in der Nacht. ››Mercy? Da draußen ist irgendetwas.‹‹ Mercy richtete sich langsam auf. Auf Scanders Balkon bewegte sich etwas. Sie schlug ihre Beine über das Sofa und stand auf. »Mercy!« flüsterte Scander. »Psst! Ich kann nicht sterben, schon vergessen?« Sie schob vorsichtig den Vorhang ein bisschen zur Seite. Draußen stand eine Gestalt mit einem schwarzen

Kapuzenumhang. Mercy öffnete die Türe. »Linnea was machst du hier?« »Ich wusste, du würdest hier sein. Mercy, die Jäger werden morgen hier sein. Flüchte aus der Stadt, bitte. Du wirst sicher sein. Jedenfalls vorerst.« »Nein. Alle meine Freunde sind hier. Ich werde kämpfen. Und auch wenn ich flüchte, werde ich mein ganzes Leben lang auf der Flucht sein. Wie ein Feigling.« »Dann hoffe ich, dass du morgen nicht stirbst. Tschüss, Schwester. Vielleicht sehen wir uns wieder.« Mercy nickte. Linnea sprang nach unten und war verschwunden. »Linnea.« sagte Mercy als sie wieder in Scanders Zimmer stand. Scander nickte. Sie setzte sich auf sein Sofa. »Sie werden morgen kommen.« Scander setzte sich neben Mercy auf sein Sofa. Er strich ihren Arm entlang. Sie legte sich hin. Scander legte sich neben sie. »Du solltest schlafen.« Mercy nickte und schloss die Augen.

Die ersten Sonnenstrahlen weckten Mercy. Sie lag mit dem Kopf auf Scanders Brust. Scander schlief noch ruhig. Er sah friedlich aus. Wie ein kleines Kind. »Scander, wach auf.« Sie stupste ihn an. Er machte müde die Augen auf. »Komm, wir müssen die anderen wecken.« Scander wollte sich strecken, doch er fiel vom Sofa. Mercy lachte. »Das ist nicht lustig.« sagte Scander, der sich vom Boden aufrappelte. »Doch.« Mercy ging schnell ins Bad und zog sich an. Scander erwartete sie schon an der Türe. Er klopfte an dem Zimmer seiner Eltern und Mercy weckte Luan und Cassie. Danach rannte Mercy zum Haus ihrer Eltern, während Scander zu Elja und Penny ging. Als wieder alle in Henrys Wohnzimmer standen, ergriff Scander das Wort. »Letzte Nacht ist Linnea zu Mercy gekommen und hat ihr berichtet, dass die Jäger heute versuchen werden uns anzugreifen. Lily, wo sind die anderen Werwölfe, Hexen, Banshees und Vampire?« Mercys Großmutter deutete durch das Fenster auf ihr Haus, das gleich gegenüber stand. »Ich habe sie derweilen bei mir untergebracht. Ich werde sie schnell holen gehen.« Henry nickte. Scander hatte sich mit einer Hand auf den Tisch gestützt mit der anderen hielte er Mercys. Mercys Großmutter kam kurz darauf wieder. Hinter ihr kamen ein Dutzend Leute herein. Es waren so viele, dass sie nicht einmal alle in Henrys Wohnzimmer passten. Henry teilte sie in Gruppen ein, denen er alles erklärte. Um zwölf Uhr hatten alle erfahren, wie sie gegen die Jäger vorgehen würden. Mercy würde die erste Gruppe anführen. Links davon würde Henry eine Gruppe leiten. Auf der anderen Seite würde Scander mit der dritte Gruppen vordringen. Mercy hatte Angst um Scander. Er war stark, jedoch glaubte sie nicht, dass er den Jäger gewachsen war, Jedenfalls nicht so vielen. Bevor sie alle los gingen nahm sie ihn beiseite. »Scander, vergiss nicht, dass du vorsichtig bist .« »Natürlich Mercy. Ich liebe dich.« »Ich dich auch.« Mercy drehte sich um und ging durch die Türe nach draußen.

Mercy stand am Anfang des Waldes. Hinter ihr standen Penny und Cassie. Dahinter um die dreißig Leute. Es sah ein bisschen komisch aus da der Großteil Ohrenschützer trug. Mercy musste zugeben, dass der Jäger, den sie getötet hatte, recht gehabt hatte. Man konnte magische Wesen auseinander halten. Die Banshees hatte alle rote Augen, die der Werwölfe waren alle stechend, die Vampire hatten alle eine sehr blasse Haut und die Hexen umgab wirklich eine Art Aura, die man spüren konnte. Der Wald war ruhig. Zu ruhig. Mercy fragte sich schon, ob Linnea gelogen hatte, als man plötzlich lautes Knacken von den

Bäumen her hörte. Unzählige Männer und Frauen mit Gewehren und anderen Waffen kamen aus den Baumreihen gestürmt. Sie stellten sich alle hintereinander auf. Ihr Anführer, ein breitschultriger Mann mit einem braunen Bart, musterte Mercy und ihre Truppe gelassen. Er war das, was man sich unter einem Anführer vorstellte. Ein starker großer Mann. Nicht eine Teenagerin. Der Mann blickte sich nach links und rechts um, dann lachte er auf. »Ich habe von dir gehört, Mädchen. Du bist deren Geheimwaffe. Die Dämonin. Aber, wie du siehst, seid ihr deutlich in der Unterzahl. Ich denke nicht, dass du dagegen etwas ausrichten könntest.« Mercy starrte ihn böse an. Er hatte recht. Ihre Gruppe war deutlich kleiner, als die der Jäger. Sie mussten lächerlich aussehen. Ein schelmisches Grinsen stahl sich auf Mercys Lippen. Sie legte die Hände an den Mund und stieß ein Wolfsgeheul aus. Zu beiden Seiten kamen nun Scander und Henry mit ihren Truppen hinter Mercy den kleinen Hügel herauf. Sie hatten es geschafft einen Platz zu finden, an dem man die Gruppen verstecken konnte, sodass, man sie vom Hügel oben nicht sah. Die Gruppe der magischen Wesen war nun um vieles größer, als die der Jäger. Der Anführer der Jäger hörte auf so blöd zu grinsen und hob seine Hand. »Wie ich sehe, habe ich mich geirrt. Du hast einige Überraschungen auf Lager. Das scheint ein spannender Kampf zu werden. Dennoch denke ich, dass wir als Gewinner hervorgehen werden. Willst du denn nicht auf unsere Seite wechseln, Dämonin?« »Mein Name ist Mercedes Ellain und ich werde für Meinesgleichen kämpfen bis ich sterbe.« fauchte Mercy. Der Gesichtsausdruck des Anführers der Jäger wurde grimmig. »Wie du meinst. Dann lass uns kämpfen.« Mercy nickte und sah zu Scander hinüber. Er nickte ebenfalls mit dem Kopf. Die Jäger preschten vorwärts.

Neun

Über Mercy regnete es Gewehrkugeln. Die Jäger hatten im Vorhinein schon Holz gelegt, um ein Feuer zu zünden. In den wabernden Flammen konnte Mercy einige Gestalten ausmachen. Sie sah Cassie, die schon völlig blutverschmiert war, Scander, der gerade mit einem Jäger rang und Penny, deren Zaubersprüche wie ein Kreis aus bunten Lichtern um drei Jäger tanzten. Mercy selbst trank Blut, ließ Zaubersprüche los und schrie ab und zu einen lauten Bansheeschrei. Um sie herum sah sie Tod und Elend. Doch Mercy musste weitermachen. Neben ihrem Fuß fiel ein lebloser Jägerkörper zu Boden. Im ersten Moment dachte sie, es sei Linnea. Die gleichen blonden Haare. Doch die Frau zu ihren Füßen war deutlich älter. Mercy ging in die Hocke und strich der Frau die Haare aus der Stirn. Sie hatte sich getäuscht. Die Frau atmete noch. Wenn auch nur schwach. Mercy errichtete ein Kraftfeld um sie herum. So konnte sie keiner der Jäger angreifen während sie sich um die Frau kümmerte. Es kostete sie viel Kraft, doch Mercy schaffte es. Dafür würde sie ein paar Minuten Ruhe haben. ››Die Dämonin?‹‹ Die Frau lachte, woraufhin Blut aus ihrem Mund quoll. Sie begann zu husten. ››Du hast tapfer gekämpft. Für dein Volk. Du bist eine Heldin.‹‹ Die Augen der Frau hatten einen wunderschönen Grünton. ››So ein hübsches Mädchen. Mit solch einem harten Schicksal. Du bist mutig. Meine Tochter ist auch so mutig gewesen....‹‹ Die Stimme der Frau wurde schwacher, doch sie spuckte nun kein Blut mehr. ››Was ist mit ihr passiert?‹‹ ››Sie wurde von Jägern getötet. Sie hatte gegen die Gesetze verstoßen, also hatte man sie getötet. Meine Kleine. Sie war doch gerade einmal achtzehn Jahre alt. Hätte sie sich doch nur nicht mit diesem Werwolf eingelassen....‹‹ Erneut fing sie an zu husten. ››Aber warum bist du bei den Jägern geblieben? Den Mördern deiner Tochter?‹‹ ››Der Eid.....‹‹ Die Frau wollte weiterreden, doch sie hustete nur noch stärker. Erneut tropfte Blut aus ihrem Mund. ››Versprich mir, dass du sie rächen wirst, Dämonin.‹‹ wisperte die Frau. ›› Ich verspreche es.‹‹ Die Frau nickte. Ihre Augen blickten zum Himmel. ››Ich kann sie sehen. Ich werde zu ihr kommen. Meine Tapfere.‹‹ ››Wie hieß sie?‹‹ ››Priya.‹‹ Die Augen der Frau weiteten sich. Sie sah aus, als würde sie ewiges Glück sehen. Dann verschwand das Licht aus ihren Augen. Sie starrte ins Leere. Mercy rannen stumme Tränen über die Wangen. Sie schloss der Frau die Augenlieder und stand auf. Das Kraftfeld bröckelte und Mercy löste es auf. Sie musste den Anführer der Jäger finden. In den letzten Minuten hatte sie einen noch größeren Hass auf ihn bekommen, als sie ohnehin schon hatte. Wütend kämpfte sie sich immer weiter vorwärts, um sich bald durch alle Reihen geschlagen zu haben. Das Blut versetzte sie in eine Art Rausch. Plötzlich knallte sie gegen etwas. Sie fiel zu Boden. Der große Anführer des Jägerheeres stand über ihr. Er hielt einen dicken Holzpfahl in der Hand und stieß ihn in Mercys Brust. Mercy schrie auf. Sie spürte wie einige ihrer Knochen gebrochen worden waren. Blut sickerte aus der Wunde und auf ihr Hemd. Doch ihr Herz, das der Pfahl sicher hätte treffen müssen, schlug noch. Es war als wäre es mit einer Art Käfig umzäunt. Mit zitternden Händen zog sie den Pfahl aus ihrer Brust. ››Also ist das Gerücht wirklich wahr. Du bist unbesiegbar.‹‹ Mercy funkelte ihn an. ››Dann stimmt auch das Gerücht, dass du dich nur selbst töten kannst. Richtig, Dämonin?‹‹ Mercy pfauchte ihn an und entblößte ihre spitzen

Eckzähne. Doch sie konnte sich nicht aufrichten, denn der Jäger hatte noch einen Pfahl in der Hand und ihre Brust schmerzte immer noch. ››Sieh dich um. Viele deiner Freunde sind gestorben. Wie wäre es wenn beide Seiten sich zurückziehen und ihre Taktik neu besprechen?‹‹ Mercy sah um sich herum. Der Anführer der Jäger hatte recht. Es lagen nicht nur Jäger auf der nun schon roten Wiese. Sie mussten eine neue Taktik entwerfen. Sie nickte und rappelte sich auf. Trotz ihrer Schmerzen. Der Jäger rief seinem Heer Befehle zu. Mercy sah wie sich die Jäger zurückzogen. Sie lief selbst durch die Reihen der Kämpfenden und forderte alle auf umzukehren. Mercy führte die anderen zum großen Hauptplatz und stellte sich auf den Brunnenrand. Sie war nie eine derer gewesen, die große Ansprachen hielten. Mercy war eine derer, die sich immer schüchtern gedrückt hatten. Doch nun überkam sie eine neu gewonnene Welle des Mutes. ››Bitte, hört mir zu! Wir haben in dieser ersten Schlacht einige mutige Krieger verloren. Es tut mir Leid, dass ich die meisten davon nicht gekannt habe, doch nun müssen wir unsere letzten Kräfte sammeln und die Jäger schlagen, um zu beweisen, dass der Tod unserer Kameraden nicht umsonst war. Wir werden unsere Rasse verteidigen.‹‹ Mercy dachte im Stille an Priya und ihre Mutter. Es herrschte Stille und dann hob ein Jubel an. Luan hob sie vom Brunnenrand herunter. ››Du warst wundervoll! ‹‹ ››Wo ist Scander?‹‹ Mercy war schon aufgefallen, das sie Scander nicht in der Menge entdeckt hatte. Luan zuckte mit den Achseln. Cassie kam ebenfalls herbei. ››Habt ihr vielleicht Penny gesehen?‹‹ ››Ist sie denn auch verschwunden?‹‹ Cassie nickte. Mercy kämpfte sich durch die Leute zu ihrem Vater durch. ››Dad, könntest du die Leute wieder beruhigen, ich muss sie etwas fragen.‹‹ Mercys Vater schaute ihr voller Stolz ins Gesicht und rief dann mit seiner lautesten Stimme: ››Ruhe! ‹‹ Mercy war sich sicher, dass er irgendeinen Zauber verwendet hatte, denn alle Gesichter drehten sich ihm zu. Mercy schluckte und sagte dann ebenfalls mit sehr lauter Stimme: ››Das Gemenge ist hier wirklich sehr dicht, denn ich vermisse zwei meiner Freunde. Scander McEvans und Penelope Azurra.‹‹ Alle drehten ihre Köpfe auf der Suche nach den zwei verschwundenen Personen. Eine alte Banshee, die neben Mercy stand, flüsterte ihr zu: ››Gib's auf Kleine. Die Beiden werden wahrscheinlich unter den Toten sein. Gefallen für ihr Volk. Ehrenvoll.‹‹ Mercy schüttelte ihren Kopf und rannte zum Anfang des Waldes. Dort ließ sie sich neben einen Baum sinken. Scander und Penny konnten nicht tot sein. Sie konnten einfach nicht. Nach allem was sie durchgemacht hatten. Nicht sie auch noch. Die Wut auf die Jäger wurde nur noch größer. Wie konnten sie ihr zwei ihrer engsten Vertrauten nehmen. Mercy würde sich am liebsten auf den Boden kauern und heulen, doch sie musste ihr Volk anführen. Sie wollte schon wieder die anderen zur Schlacht befehligen, als ein Jäger völlig außer Atem vor ihr hielt. ››Dämonin, wir bitten dich alleine mit uns zu verhandeln. Unser Herr wird dich im Wald erwarten.‹‹ Mercy zog eine Augenbraue hoch und wollte schon erwidern, dass die Jäger sich schnellstens wieder auf den Kampf vorbereiten sollten, denn sie kannten Mercys Antwort ohnehin schon, als der Jäger leise etwas flüsterte. ››Der Herr sagt auch, wenn ihr nicht mit mir kommen wollt, dann soll ich euch berichten, dass wir zwei eurer Freunde in unserer Gewalt haben.‹‹ Mercy würde diesen Boten der Jäger am liebsten sofort mit Bansheegeschrei niederschreien, doch Scander und Penny waren in Gefahr.

Einerseits verspürte sie Erleichterung, andererseits auch Wut. ››Ich komme mit dir.‹‹ Der Bote grinste hässlich und ging voran in den Wald hinein. Mercy drehte sich um, doch niemand schien ihr Verschwinden bemerkt zu haben oder machte sie Sorgen um sie. Vielleicht dachten sie, dass Mercy jetzt alleine sein musste. Mercy ließ zwar Cassie und Luan nicht gerne mit dem Glauben an den Tod von Penny und Scander alleine, doch wenn sie die beiden retten wollte, dann musste sie handeln. Der Jäger war, wie ihr erst jetzt auffiel, ziemlich klein und nicht gerade sehr muskulös. Sie könnte ihn leicht überwältigen. Er hatte einen leicht wankenden Gang. Sodass Mercy dachte, dass wenn ein Vogel auf seinen Schultern saß, der Vogel seekrank werden müsse. Als sie schon etwas weiter im Wald waren, wandte sich der Jäger noch einmal zu Mercy um. ››Du hast jetzt noch die Chance umzukehren.‹‹ Mercy schüttelte ihren Kopf. Sie würde ihren Freunden helfen. Sie gingen weiter den schmalen Waldweg entlang, vorbei an alten, knorrigen Bäumen und dichten Sträuchern. Mercy war kalt und es schien immer dunkler zu werden. Sie kamen zu einem großen Holzhaus, dass Mercy noch nie aufgefallen war, weil sie noch nie in diesem Teil des Waldes gewesen war. Die Hütte hatte drei Stockwerke und sah schon ziemlich alt aus. Vor der Hüttentüre standen zwei Wachen. Als sie Mercy sahen traten sie beiseite und öffneten die Türe. Der Bote führte Mercy in einem mit Kerzen erhellten großen Raum, an dessen Ende der Anführer der Jäger in einem Stuhl saß und den anderen Jägern befehle erteilte. ››Ah, die Dämonin beehrt uns mit ihrer Anwesenheit. Ich schätze, du bist gekommen um deine Freunde zu retten.‹‹ ››Lass sie frei, denn sie sind unschuldig.‹‹ ››Natürlich. Doch erst, wenn du zu uns übergewechselt bist. Bringt die Gefangenen herauf.‹‹ Einige

Jäger stiegen die Stufen hinunter. ››Wehe, du hast ihnen etwas angetan. Ich werde dich töten und dein ganzes Volk mit dir.‹‹ ››Ich habe ihnen kein Haar gekrümmt. Aber bevor du mich angreifen kannst, kleine Dämonin, werden etliche von meinen Jägern, deine Freunden schon getötet haben.‹‹ Er hatte Recht. Mercy wusste, dass er Recht hatte. Wieder hörte sie Schritte auf der Treppe und die Türe zu dem Raum, in dem Mercy stand, öffnete sich. Die Jäger schoben Scander und Penny vor sich her in das Zimmer hinein. ››Mercy.‹‹ flüsterte Scander. Er sah sehr schwach aus und auch Penny war in keiner wirklich guten Verfassung. Mercy hasste den Jägeranführer dafür, was er mit ihren Freunden angestellt hatte und dass er sie angelogen hatte. ››Also ich denke du weißt, was jetzt ansteht. Entweder du wechselst zu uns oder deine Freunde sterben.‹‹ Penny warf Mercy einen Blick zu. Sie kannten sich schon so lange, dass ein einziger Blick genügte. Mercy verstand, was sie vorhatte, doch es brach ihr das Herz. Sie nickte fast unmerklich. Penny schluckte nervös und erhob dann ihre Stimme. ››Hoher Herr, was wäre wenn ich mich entsinnen würde Euch beizutreten?‹‹ ››Siehst du, Dämonin, sogar deine besten Freunde wollen dich verlassen.‹‹ Mercy setzte eine ernste Miene auf. ››Sie ist nicht meine Freundin.‹‹ Der Anführer zog eine Augenbraue hoch und schaute fragend seine Jäger an. Diese zuckten mit den Schultern. ››Dann werde ich eben den Jungen töten.‹‹ Die Wachen hatte Penny losgelassen. Sie bewegte vorsichtig die Hand gegen die Wachen an der Türe, die sofort zusammensackten. Doch der Anführer schien es nicht zu merken, denn sein ganzes Interesse galt Mercy. ››Ich werde niemals zu deinem Volk hinüberwechseln. Wenn meine Freunde sterben, dann sterben sie in Ehren für ihr Volk.‹‹

Mercys Stimme brach, denn sie wusste was jetzt kam, doch sie wollte es nicht wahrhaben. ››Dann tötet den Jungen.‹‹ Einer der Jäger legte eine Silberkugel in seinen Gewehrlauf und zielte auf Scander. Mercy stand immer noch hinter zwei Wachen. Sie versuchte es mit der gleichen Hangbewegung, die auch Penny gemacht hatte und die beiden Wachen sackten zusammen. Doch Mercy war zu spät. Der Jäger drückte bereits ab. Penny reagierte instinktiv und warf sich vor Scander, um die Kugel abzufangen. Der Jäger war zu verdutzt um schneller zu reagieren und noch eine zweite Kugel abzufeuern. Mercy ließ eine Kraftfeldschockwelle los, die die Jäger auf den Boden schmiss. Das würde nicht lange andauern, jedoch lange genug um hier heraus zu kommen. Mercy rannte zu Penny. ››Penny, ich kann dich nicht hier liegen lassen...‹‹ ››Tu es, Mercy. Rette ihn. Du weißt was zu tun ist. Kehre nicht zurück. Brenn das Haus nieder. Vernichte sie alle. Schnell Mercy. Beeil dich.‹‹ Mercy nickte traurig. Tränen rannen ihr über die Wangen. ››Penny.....‹‹ ››Geh, Mercy.‹‹ Mercy hob Scander hoch und lief nach draußen ohne sich umzudrehen. Als sie vor dem Haus stand zündete sie mit einem Ring aus Feuer das Haus an. Sie zog ihn immer enger. Sie hörte das Schreien der Jäger von innen. Pennys Schrei hatte sich wahrscheinlich unter die anderen gemischt. Mercy wartete bis nur noch ein rauchender Haufen übrig blieb, dann rannte sie weinend zurück zu den anderen.

Zehn

Mercy hörte die Stimmen der Leute in Henrys Wohnzimmer bis nach oben. Ihr Vater hatte vor einer halben Stunde schon aufgegeben in das Zimmer zu kommen. Mercy hatte sich verbarrikadiert. Scander lag auf seinem Bett und schlief. Er war sehr schwach gewesen, als Mercy ihn hergebracht hatte. Seine hellbraunen Haare fielen ihm ins Gesicht. Mercy war ebenfalls müde und erschöpft, doch sie konnte jetzt nicht schlafen, denn sie würden dann schreckliche Träume quälen. Sie sah immer noch Pennys Gesicht vor sich und fragte sich ob sie Penny hätte retten können. Scander öffnete langsam seine Augen. ››Mercy?‹‹ ››Scander.‹‹ Sie setzte sich neben ihn aufs Bett. ››Wo sind wir?‹‹ ››Bei Henry. In deinem Zimmer.‹‹ ››Was ist passiert?‹‹ ››Ich habe das Haus niedergebrannt und dich hierhergebracht.‹‹ Mercys Stimme versagte. ››Penny?‹‹ Mercy schaute aus dem Fenster und biss sich auf die Lippe. ››Mercy? Ist es das was ich denke?‹‹ Mercy nickte. Scander legte seinen Arm um sie.

Mercys Dad klopfte an der Türe und Scander öffnete sie. Mercy wollte ihn daran hindern, doch es war zu spät. ››Scander, du bist hier?‹‹ Scander schaute von Mercy zu ihrem Vater und wieder zu Mercy. ››Scander, könnte ich kurz mit Mercy alleine reden?‹‹ ››Natürlich.‹‹ Scander ging hinaus und schloss die Türe hinter sich. Mercy sah ihrem Vater in die Augen. ››Was ist passiert?‹‹ Mercy atmete tief durch und setzte sich auf das Sofa. ››Ich bin zu dem Versteck der Jäger gegangen um Scander und Penny zu befreien. Leider konnte ich nur Scander hierher zurückholen.‹‹ Sie war überrascht wie gefasst sie war. ››Was ist mit dem Versteck passiert?‹‹ ››Ich hab es angezündet.‹‹ Die Augen von Mercys Vater schauten sie zum Teil traurig, zum Teil stolz an. Doch Mercy war nicht stolz. Sie war sich nur sicher, dass sie Pennys Tod nie vergessen würde. Und dass sie daran schuld war.

Da die Jäger einen neuen Anführer und neue Strategien brauchten, verschwanden sie aus der Stadt und kündigte an, dass sie in einem Monat wiederkommen würden. Normalerweise wären Mercys Leute ihnen nachgejagt, doch sie hatten selbst mit vielen Verlusten zu kämpfen. Mercy verschanzte sich in ihrem Zimmer und wartete bis es Sonntag wurde. Man hatte den Sonntag als allgemeinen Tag für alle Beerdigungen angesetzt. Mercy suchte in ihrem Schrank nach einem schwarzen Kleid. Sie fand keines. Nicht einmal das konnte sie für Penny noch tun. Mercy fragte sich, ob sie wohl auch mit einem dunkelblauen Kleid gehen könnte, als sie eine Stimme hinter sich hörte. ››Ich habe dir eines mitgenommen.‹‹ Im Türrahmen stand Mercys Mutter und hielt ein schlichtes schwarzes Kleid hoch, dass an einem Kleiderbügel hing. ››Mercy es tut mir leid und ich weiß, dass du es heute noch öfter hören wirst. Mercy, vergiss nicht, dass du nicht Schuld warst an Pennys Tod. Du kannst trauern, aber mach dir keine Vorwürfe. Du bist eine Angehörige. Du und Cassie, ihr habt sie am besten gekannt.‹‹ Mercy lief in die Arme ihrer Mutter. All den Hass, den sie verspürt hatte, als sie sie fast getötet hatte, war verflogen. Ihre Mutter strich ihr ganz ruhig über den Rücken. ››Ich wusste, dass du ein schweres Schicksal haben wirst, aber ich dachte, dass du stark genug bist um damit umzugehen. Ich weiß Mercy, dass du auch nur ein Mensch bist. Jedenfalls vom

Charakter her und kein Mensch würde solchen Druck aushalten. Es ist alles meine Schuld und es tut mir Leid.‹‹ Mercy konnte ihr von den Augen ablesen, dass sie es ernst meinte. ››Mommy, es tut mir Leid, dass ich so ausgerastet bin und dich fast getötet habe.‹‹ Mercys Mutter gab ihr einen Kuss auf die Stirn und hielt ihre das Kleid hin. ››Zieh es an.‹‹ Mercy nahm das Kleid und zog es an. Es waren schwarze Rosen darauf gestickt. Mercys blonde Haare lagen leicht gewellt über ihren Schultern. Ihre Augen sahen traurig und erschöpft aus, doch ihre Haut hatte immer noch den gleichen leicht gebräunten Ton. Chloe kam ins Zimmer. ››Mercy?‹‹ ››Ja?‹‹ Chloes Kleid war ebenfalls schwarz, doch sie hatte ihre blonden Haare hinauf gesteckt. ››Wir sollten gehen.‹‹ Mercy folgte ihr nach draußen, wo ihre Eltern schon im Auto warteten. Sie fuhren die holprige Straße entlang bis zum Friedhof. Viele Leute hatten sich schon um den Eingang geschert. Mercy wusste nicht wer oder wie viele Menschen gefallen waren. Das einzige was sie wusste war, dass sie alle Tode verteidigen und ehren würde. Scander stand vor dem Eingang und musterte alle Autos die zufuhren genauestens. Mercy wusste, dass er sich nicht sicher war, ob sie kommen würde. Sie hatte ihn seit dem Tag von Pennys Tod nicht mehr gesehen. Als er sie sah breitete sich in seinem Gesicht ein Lächeln aus. Das Auto hielt an und Mercy öffnete die Türe. Sie hatte sich extra nicht hohe Schuhe angezogen, denn sie wollte nicht auf diesen hohen Dingern herum stolpern. Scander trug einen schwarzen Anzug, der genau gleich aussah wie der von Luan. Scander reichte Mercy die Hand. ››Wie geht's dir?‹‹ ››Besser. Und dir?‹‹ ››Den Umständen entsprechend eigentlich gut.‹‹ Mercy verspürte immer einen Schmerz wenn sie Scander ansah. Penny hatte für ihn ihr Leben gelassen, obwohl sie ihn eigentlich fast gar nicht gekannt hatte. Sie hatte gewusst, dass Mercy diese Schlacht nicht weiter führen konnte, wenn Scander tot wäre. Mercy stiegen wieder die Tränen in die Augen, doch sie drängte sie zurück. Scander schien bemerkt zu haben, dass etwas nicht stimmte. ››Willst du wieder gehen?‹‹ ››Nein. Ich schaffe das. Um Pennys Willen.‹‹ Scander nickte. Er verstand. Pennys Familie stand um das Grab ihrer Tochter und streuten Rosen hinein. Mercy wusste, dass der Sarg leer sein musste, da von Penny in dem Brand nichts mehr übrig geblieben war. Mercy steuerte auf ihr Grab zu und nahm sich ebenfalls eine Rose. ››Penny, es tut mir so leid das du sterben musstest. Ich weiß was du getan hast und ich glaube auch, dass ich weiß warum. Danke, Penny.‹‹ Dann versagte Mercys Stimme. Scander legte schnell einen Arm um sie, bevor sie in Pennys Grab gefallen wäre. Er zog sie weiter, bis zu einer Bank, auf die sie sich setzte. Mercy fühlte sich gar nicht mehr wohl. Die Dämonin in ihr schien durchzudrehen. Mercy wurde bewusste, wie lange sie schon nichts Übernatürliches mehr getan hatte und diese wandelnden Blutbanken machten sie wahnsinnig. Sie schaute sich um. Hinter der Bank auf der sie saß, floss ein Bach. Sie versuchte die Wellen in dem Bach immer höher zu machen, wie Penny es ihr gezeigt hatte. Der Bach trat schon bald über seine Ufer. Mercy spürte nun, dass es ihr besser ging. Scander sah stirnrunzelnd den Bach an und dann schaute er zu Mercy. Sie zuckte unschuldig mit den Schultern. Mehr Leute versammelten sich um die Gräber. Mercy wollte aufstehen, zu den Leuten hingehen und sich bei ihnen entschuldigen, doch Scander hinderte sie daran. Mercy sah ihn flehentlich an, aber in Scanders Augen erkannte sie kein Mitleid. Scander grinste sie an. Irgendwas hatte er vor. ››Entschuldigung! Aber könnte meine Freundin hier etwas zu den euch genommenen Freunden und Verwandten sagen?‹‹ Er half Mercy sich auf die Bank zu stellen. Das war noch besser, so musste sie nicht mit jedem einzelnen sprechen und dann auch noch riskieren, dass derjenige vielleicht ein Opfer ihres Blutdurstes wurde. ››Ich möchte, dass ihr wisst, dass ich nicht alle gekannt habe, die im Kampf um unser Volk gestorben sind, doch ich will, dass ihr wisst, dass ich jeden Tod rächen will und alle Toten ehre. Es tut mir leid für die Familien, die einige wichtige Mitglieder in dieser Schlacht verloren haben. Auch ich wurde nicht verschont. Ich möchte mich persönlich noch einmal bei Penelope Azurras Familie entschuldigen, dass ich ihre Tochter, meine beste Freundin, nicht retten konnte. Danke!‹‹ Im Stillen schwor sie sich auch Priyas Tod zu rächen. Scander hob Mercy von der Bank herunter. Mercy setzte sich wieder auf die Bank. Sie spürte ein leichtes kitzeln in ihrer rechten Kniekehle. Sie blickte hinab. Gelbe Augen starrten zurück. Tira. Natürlich. Pennys Hexenkatze hatte auch ihre Herrin verloren. Mercy bückte sich und hob Tira auf ihren Schoß. ››Na, Tira, vermisst du Penny genauso wie ich?‹‹ Die Katze rieb ihren Kopf an Mercys Hand. ››Scheint als hätte sie ihren Besitzer gewechselt.‹‹ sagte Scander. ››Gehört sie nun mir? Aber ich bin keine Hexe.‹‹ ››Zum Teil schon. Sie akzeptiert dich.‹‹ Tira schnurrte, schmiegte sich eng an Mercys Brust und sprang dann wieder zu Boden. Sie tapste in Richtung Wald. Mercys starrte ihr verblüfft nach. Scander entdeckte seine Eltern in der Menge der Leute. ››Bin gleich wieder da.‹‹ ››Okay.‹‹ Mercy stand auf und ging zum Rand des Friedhofes. Dort steckte sie einen Zweig in die Erde. ››Priya, ich kannte dich zwar nicht, jedoch hat mir deine Mutter von dir erzählt. Du hast für deine Liebe gekämpft. Du

bist dafür gestorben. Das war mutig von dir. Ich hoffe, dass du und deine Mutter jetzt in einer besseren Welt seid. *Eure Körper mögen vergehen, jedoch nicht eure Seele. Die Erinnerung wird weiterleben. Bis in alle Ewigkeit.*‹‹ Mercy zitierte den Spruch der ein Teil der Begräbniszeremonie bei magischen Wesen war, die heldenhaft gestorben waren. Sie machte sich auf den Weg zurück zu der Bank, damit Scander sich keine unnötigen Sorgen machen musste. Er kam auch kurz darauf mit Cassie zu ihr herüber, die sie in den Arm nahm. ››Du hast gut gesprochen. Was sollen wir jetzt ohne Penny machen? Ich kann es einfach nicht fassen, dass sie tot ist.‹‹ Die letzten Worte waren eher ein Schluchzen. Luan kam herbei und nahm Cassie tröstend in den Arm. Er warf Scander einen Blick zu, der bedeutete, dass sie jetzt gehen sollten. Scander nickte und streckte Mercy die Hand hin. Mercy ergriff sie und folgte Scander aus dem Friedhof hinaus. Sie hielt es nicht mehr länger hier aus. Die ganze Trauer machte sie fertig und kraftlos. Die Dämonin in ihr lechzte nach mehr Übernatürlichem. Mercy musste sie mit ihrer letzten Kraft unterdrücken, was auch der Grund war, dass Scander sie mehr zum Auto trug, als dass sie selbst ging. Da Scander schon achtzehn war, durfte er schon Autofahren. Mercy setzte sich hinter Scander auf die Rückbank und auch Luan mit Cassie stieg ein. Sie fuhren zu Henrys Haus, das verlassen schien. Luan und Cassie verschwanden auf dessen Zimmer, während Scander Mercy zu überreden versuchte, sich etwas hinzulegen.
››Scander, ich habe schon zu lange nichts Übernatürliches gemacht. Die Dämonin in mir ist nicht gerade sehr glücklich.‹‹
››Dann warst du das mit dem Wasser?‹‹ Mercy nickte. Sie kreiste mit ihrer Hand gedankenverloren über den Boden. Ein kleiner Hurrikan entstand und fegte durch den Raum. Mercy

stoppte ihn, bevor er etwas zerstörte. ››Mercy, wenn du einfach einen Sturm heraufbeschwörst, würde das dann reichen?‹‹ Mercy nickte zaghaft. Sie war sich nicht sicher. Scander begleitete sie auf seinen Balkon hinaus, wo sie ihre Hände ausstreckte und kreisen ließ. Windböen bildeten sich und wehten durch Mercys Haare. Die Dämonin regte sich. Es gefiel ihr. Mercy machte stärkere Kreisbewegungen. Der Wind wehte durch ihre Haare. Die Bäume bogen sich und die Blätter wirbelten herum. ››Mercy! ‹‹ Scanders Stimme schien von weit her zu kommen. Er packte ihren Arm und versuchte sie hinein zu zerren. Mercy wusste, dass wenn sie aufhörte, sie ihre ganze Kraft verbraucht haben würde. Dennoch zwang sie sich zum aufhören. Scander ließ erleichtert ihren Arm los und sagte irgendetwas, doch Mercy konnte ihn nicht mehr hören. Ihr wurde schwarz vor Augen und das letzte was sie spürte waren Scanders Arme, die sie daran hinderten auf den Boden zu fallen.

Mercy hörte Scanders Stimme. Er sprach zu irgendjemand und schloss dann die Türe. Sie öffnete die Augen. Scander hatte sich ein Buch genommen und sich auf sein Sofa gesetzt. ››Scander? Was ist passiert? Wer war das? Wie lange habe ich geschlafen?‹‹ Scander schaute grinsend von seinem Buch auf. ››Ich denke du hattest ein Blackout. Aber es ist nichts Schlimmes geschehen. Du hast ungefähr fünf Stunden geschlafen. Luan hat sich nur gerade erkundigt wie es dir geht. Und? Wie geht es dir?‹‹ ››Besser als vor dem Blackout.‹‹ Scander setzte sich auf die Bettkante und schaute zu ihr herunter. ››Und? Hast du irgendwelche Ideen wie wir weitervorgehen?‹‹ ››Ich weiß nur, dass wir es uns nicht leisten können noch mehr unserer Freunde zu verlieren. Wir brauchen eine bessere Taktik und wir müssen härter trainieren. Vielleicht schaffen wir es die Schlacht auf einen Vollmond zu verlegen, denn dann sind wir entschieden im Vorteil.‹‹ Es klopfte an der Türe und Scander öffnete. Es war Luan. ››Ich hatte gehofft, dass du wach bist. Cassie will mit dir reden.‹‹ Scander half Mercy aus dem Bett und begleitete sie hinunter ins Wohnzimmer. Anscheinend waren Scanders Eltern nicht da. Cassie saß auf einem der Sofas und trank, wie es aussah, einen Tee. Als sie Mercy erblickte stellte sie die Tasse zur Seite und ging auf sie zu. ››Ich bin so froh, dass es dir besser geht.‹‹ Sie umarmte Mercy. ››Weißt du was? Ich habe eine Idee was wir machen. Penny, du und ich haben doch einmal diese Filme gedreht. Wie wäre es mit einem Erinnerungsfilmeabend?‹‹ Mercy umarmte Cassie wieder und nickte. Cassie rannte schnell nach Hause, um die DVDs zu holen. Scander war in die Küche gegangen, um Mercy eine warme Milch zu holen. Luan war als einziger noch im Wohnzimmer. ››Wie ist es so eine Dämonin zu sein?‹‹ ››Ziemlich aufregend, aber auch gefährlich.‹‹ Luan sah aus dem Fenster, wo die letzten Strahlen der Sonne durch die Bäume hindurch fielen. ››Es ist schön, oder?‹‹ Mercy nickte. Sie erinnerte sich an den Tag, als sie mit Luan das erste Mal im Bus gefahren war. Damals war er ihr wie ein normaler Junge vorgekommen, doch jetzt wusste sie, dass auch die normalsten Jungen Geheimnisse in sich tragen konnten. Luan und Scander waren in diese Stadt gekommen, nur um sie zu trainieren. Vielleicht mussten sie Freunde zurücklassen. Mercy hatte Scander das nie gefragt, doch sie glaubte auch, dass Scander und Luan hier auch gute Freunde gefunden hatten. Cassie kam mit den DVDs ungefähr um die gleiche Zeit an, als Scander die

Milch von der Küche brachte. Die vier setzten sich vor den großen Fernseher und schauten die Filme an.

Elf

Irgendwann kamen Scanders und Luans Eltern nach Hause. Henry sah etwas verweht aus, doch Scanders Mutter war immer noch so perfekt gestylt, wie auch am Vormittag. Sie hatte ihre blonden Haare in einem strengen Knoten nach hinten gebunden, jedoch lächelte sie. Sie lud Mercy und Cassie ein noch zu bleiben doch die beiden machten dich auf den Heimweg, da es schon sehr spät war. Die Bäume bewegten sich sanft unter der kühlen Brise. Mercys und Cassies Wege trennten sich auf der Straße. Cassie ging nach rechts, Mercy nach links. Mercy schritt am Wald entlang. Es war eine ihrer Abkürzungen. Eine ruhige Abkürzung, jedoch war sie bei Nacht etwas gruselig. Im Wald raschelte es. Mercy bildete sich ein eine Kapuzengestalt zu sehen. Doch als sie näher hinschaute, war dort nichts. Sie schüttelte den Kopf. Vielleicht hatte dieses ganze Dämonenzeug die Nebenwirkung, dass man unter Verfolgungswahn litt. Mercy schlenderte weiter an den Bäumen entlang, als sie plötzlich Stimmen hörte. Sie duckte sich hinter einen Busch und lauschte. ››Sieh nur, Mike, Wen ich gefunden habe.‹‹ Einen Moment lang erstarrte Mercy, da sie dachte, sie sei entdeckt worden, doch dann begann der zweite Mann zu sprechen. ››Die kleine Verräterin. Wunderbar. Wir sollten sie zum neuen Herren bringen.‹‹ Mercy lugte zwischen die Blättern des Busches hindurch zu den Beiden Männern. Der eine hielt eine Gestalt am Arm, die Mercy nur zu gut kannte. Linnea schien sich mit allen Mitteln zu wehren, doch der Mann hatte sie fest im Griff. Mercy hatte keine Ahnung was sie tun sollte. Die Männer hatten ihre Sachen gepackt und schritten durch den Wald auf dem ausgetrampelten Pfad nach Osten. Mit

Linnea im Schlepptau. Mercy, die immer noch im Strauch lag, rang mit sich selbst. Sollte sie den Männern folgen, Linnea befreien und das Jägerversteckt ausfindig machen oder sollte sie sich Verstärkung holen und riskieren, dass sie die Männer verlor? Sie entschied sich für ersteres. Doch sie holte eine Mütze aus ihrer Tasche und hängte sie an den Ast eines Baumes. Für Scander. Dann lief sie den Jägern hinterher in den dichten Wald.

Mercy merkte bald, dass sie immer einen gewissen Abstand zu den Jägern einhalten musste, damit diese sie nicht bemerkten. Schon zweimal wäre sie fast entdeckt worden. Sie musste zugeben, dass sich die Jäger schnell fortbewegten und nur selten Rast machten. Mercy war also ständig in Bewegung. Doch es gelang ihr die Jäger nicht aus den Augen zu verlieren. Als es begann morgen zu werden schlugen die Jäger endlich ihr Lager auf. Mercy legte sich völlig erschöpft hinter einige Bäume. Der Mond ging langsam unter und die Sonne ging auf. Mercy erinnerte der Mond an Scander. An ein warmes Bett und etwas zu trinken, doch Mercy durfte jetzt nicht aufgeben. Sie lag einige Minuten lang wach auf dem, mit Moos bewachsenen, Boden, doch dann siegte ihre Müdigkeit. Als Mercy wieder aufwachte, stand die Sonne schon hoch am Himmel. Die Jäger waren verschwunden. Mist. Mercy rappelte sich fluchend auf. Sie blickte um sich. Nirgends konnte sie ein Zeichen der Jäger erkennen. Mercy lief auf die Stelle zu auf der die Jäger ihr Lager aufgeschlagen hatten. Auch nichts. Auf einem der Umliegenden Bäume glitzerte etwas. Mercy ging darauf zu. Es waren ein paar von Linneas Haaren, die sich im Geäst der Bäume verfangen hatten. Mercy späte zwischen den Bäumen hindurch auf einen

schmalen Pfad. NA dann. Musste sie das wohl riskieren. Obwohl es sicher schon Mittag war, verschluckte der Wald das Licht. Der Pfad ging im Zickzack, wand sich um Bäume und führe kleine Anhöhen hinauf. Endlich, nach einigen Stundenerreichte sie den Waldrand – und wäre fast 400 m in die Tiefe geflogen. Sie konnte gerade noch das Gleichgewicht finden. Unter ihr erstreckte sich ein weites Tal. Mercy konnte untern kleine Häuser entdecken. Sie machte sich daran den Berg hinunter zu klettern. Zum Glück gab es einen sehr dünnen Steig, an dem man hinunter steigen konnte. Sie setzte ihre Füße vorsichtig auf den Felsen, doch es kullerten ein paar Steine den Hang hinunter. Viele Meter unter ihr konnte sie zwei kleine Gestalten erkennen, die eine dritte Gestalt trugen. Mercy betete, dass sie sie nicht sehen würden und kletterte weiter hinunter. Sie kam sich vor wie eine Gämse. Nach gut einer Stunde kam Mercy schweißgebadet im Tal an. Von den Jägern fehlte jede Spur, doch Mercy hatte beobachtet wie sie zu einem Haus gegangen waren. Da sie sich gemerkt hatte, wo das Haus stand, musste sie nicht lange suchen. Es war ein Gasthaus, das voller betrunkener Leute und anderen komischer Gestalten war, sodass die Jäger mit Linnea gar nicht auffielen. Mercy zog sich ihre Kapuze über den Kopf und betrat ebenfalls das Gasthaus. Drinnen stank es nach Zigarettenrauch und Bier. Ein paar Leute stießen Mercy unsanft an oder raunten ihr etwas zu. Doch Mercy scherte sich nicht um sie, sondern verfolgte die Jäger, die sie ganz hinten in eine Ecke zwängten. Mercy setzte sich an die Bar. Da diese nicht weit von dem Tisch der Jäger entfernt war, konnte Mercy alles hören, was gesprochen wurde.
››....sehr zufrieden mit uns sein. Dieses Mädchen hat uns an die Dämonin verraten. Wie ich ja gesagt habe, ich traue den

magischen Überwechslern nicht. Auch wenn diese Dämonin wechseln würde, wäre sie immer noch eines der Wesen, die wir jagen, oder nicht?‹‹ Der zweite Mann murmelte zustimmend. Linnea saß zwischen den Beiden eingeklemmt auf der Bank. Mercy drehte sich vorsichtig um und versuchte Linneas Blick aufzufangen. Doch Linnea hielt ihren Blick gesenkt. Mercy war so auf Linnea konzentriert, dass sie nicht merkte wie der Mann der neben ihr saß zur Seite kippte und sein Whisky Glas umschüttete. Wie hieß das noch mal? Mercys Dad hatte es ihr einmal erzählt. So ähnlich wie eine App auf ihrem Handy. Tumbler. Genau. Jedenfalls war der Inhalt des Tumblers auf Mercy geronnen. Schnell sprang sie auf und huschte in Richtung Toilette. Die Jäger waren noch immer in ihr Gespräch vertieft und hatten offenbar nichts bemerkt. Auch Linnea schien nichts aufgefallen zu sein, denn sie fixierte immer noch den Boden. Mercy konnte nur beten, dass sie hier etwas länger sitzen bleiben würden. Als sie den Gang betrat zog sie ihre Kapuze herunter. Weder die Jäger noch Linnea konnten sie hier sehen. Auch war es weniger erschreckend für die anderen Leute, wenn sie ohne Kapuze herumrannte. Während sie beschäftigt damit war eine Strähne ihres Haares, die sie in der Kapuze verheddert hatte heraus zu lösen, sah sie das Mädchen nicht. Mercy prallte gegen sie und geriet ins Wanken. Das Mädchen hatte ein Wasserglas in der Hand gehabt, denn Mercy spürte den kalten Inhalt an ihrer rechten Seite. Noch mehr Wasser nah super. ››Entschuldigung.‹‹ ››Nein, nein...‹‹ Doch Mercy konnte nicht mehr enden, denn aus der Toilette war ein drittes Mädchen gekommen, dass nun gegen Mercy und das Wasserglas-Mädchen lief. Die drei landeten übereinander auf dem Boden. Mercy spürte, dass das Wasserglas den Sturz nicht heil überstanden hatte. Die Scherben lagen auf dem Boden verteilt herum. Das Mädchen, dass Mercy und das Wasserglas-Mädchen zum umfallen gebracht hatte, rappelte sich schnell wieder auf. Sie schien es sehr eilig zu haben. Ein Junge mit blonden Haaren, wie Luan, kam ihr entgegen und zog sie nach draußen. Auch Mercy stand auf und ging, gefolgt von dem Wasserglas-Mädchen, in die Damentoilette. Mercy versuchte sofort mit Papier ihre Kleidung zu trocknen. Eine Erkältung war jetzt wirklich nicht von Nutzen. Auch das Wasserglas-Mädchen versuchte sich mit Papier zu trocknen. Mercy betrachtete sie genauer. Ihre Haare hatten einen Farbton zwischen Honig und Karamell. Ihre Augen waren blau-grau. Mercy musterte sie weiter. Was hatte sie an?! Ein langärmeliges Shirt und eine Jeans. Das war es aber nicht, was Mercys Aufmerksamkeit auf sich lenkte. Es war der Gürtel des Mädchens. Dort steckte etwas, das aussah wie ein Bumerang. War sie eine Jägerin? Doch Mercy konnte sich darüber nicht weiter Gedanken machen, denn die Tür schwang auf und ein Junge mit eisblauen Augen steckte den Kopf herein. ››Oliver, was tust du in der Frauentoilette?!‹‹ ››Dich suchen.‹‹ Der Junge schien nicht im Mindesten beschämt zu sein, dass er in der Damentoilette war. Im Gegenteil. Das Wasserglas-Mädchen warf Mercy einen entschuldigenden Blick zu und folgte dem Jungen nach draußen. Mercy gab es schließlich auf sich mit Papier trocknen zu wollen und entfachte dafür eine kleine Flamme, die Wunder wirkte. Als sie trocken war wollte Mercy wieder in den Gastraum zurückkehren und wäre fast über ein silberhaariges Mädchen gestolpert, das die Scherben zusammen kehrte. Silberne Haare? Naja, Mercy hatte ja auch schon Leute mit roten Augen gesehen. Die Kellnerin, Mercy erkannte es an ihrer braunen Schürze, schaute sie verstört an. Doch ihr Blick wurde interessierter, als wäre ihr an Mercy plötzlich etwas aufgefallen. Für einen kurzen Moment glaubte Mercy, sie würde wissen was sie war. Aber wie sollte sie denn? Mercy schüttelte den Kopf. Sie zog die Kapuze über und setzte sich zurück an die Bar. Linnea starrte noch immer auf den Boden, doch die beiden Jäger schienen sich schon zum Aufbruch bereit machen zu wollen. Mercy musste handeln. Sie wollte aufstehen, doch jemand rempelte sie an und sie viel hin. Ihre Kapuze rutschte ihr vom Kopf. Die Jäger stießen einen Schrei aus, doch Mercy reagierte schneller und bildete eine Art Wand, damit die anderen Leute Gasthaus sie nicht sahen. Dann stürzte sie sich auf die Jäger. Sie signalisierte Linnea sich die Ohren zuzuhalten und dann schrie sie. Die beiden Jäger kippten seitwärts um und Linnea stieg über sie hinweg. Mercy löste die Wand in Luft auf und ging mit Linnea nach draußen. ››Was machst du hier?‹‹ ››Dich retten, Schwester. Es wäre aber besser, wenn wir jetzt hier verschwinden würden, denn die Jäger werden sicher bald hier eintreffen.‹‹ ››Und ich werde auf sie warten.‹‹ ››Linnea, sie sind nicht mehr deine Familie, verstehst du? Du hast einen Fehler gemacht, aber sie werden dir nicht verzeihen. Komm mit mir, bitte.‹‹ Linnea sah Mercy kalt an. ››Es tut mir leid, Mercy, aber ich muss bei den Jägern bleiben. Unser Eid besagt das und ich werde ihn nicht brechen.‹‹ Dann wandte sich Linnea um und schritt wieder auf das Gasthaus zu. Mercy hockte sich hinter zwei Mülltonnen und wartete. Wie sie angenommen hatte, trafen kurz darauf eine Frau und ein Mann mit Pistolen und ähnlichen Waffen ein. Sie betraten das Gasthaus und verließen es zehn Minuten später in Linneas Gesellschaft, die ihnen alles genau zu erklären versuchte. Mercy folgte ihnen in einigem

Abstand. Wenn es ihr schon nicht gelang Linnea zu retten, dann wollte sie wenigstens das Versteck der Jäger ausfindig machen. Die Jäger und Linnea gingen die große Hauptstraße entlang und kamen an einem Wald. Mercy fragte sich, ob die Jäger Wälder liebten, denn anscheinend war bei ihnen alles in einem Wald versteckt. Der Weg war breit und offensichtlich viel befahren, denn Mercy konnte Reifenspuren erkennen. Sie schlich weiter. Vor ihr stand ein gewaltiges Haus. Es hatte fünf Stockwerke und war fast ausschließlich aus Holz gebaut. Es erinnerte Mercy an das ehemalige Versteck der Jäger, das sie abgezunden hatte. Die beiden Jäger und Linnea standen vor der Türe und diskutierten mit dem Wächter. Mercy überlegte sich derweilen, wie sie hineinkommen sollte. Sie entdeckte, dass eines der Fenster im ersten Stock offen stand. Jetzt konnte sie nur noch hoffen, dass dahinter nicht gerade ein Besprechungsraum war. Mercy wartete bis der Wächter die Türe hinter den Jägern und Linnea geschlossen hatte, dann rannte sie auf das Haus zu. Sie lugte durch das Fenster im Erdgeschoss. Dahinter lag ein dunkler Lagerraum. Mercy stieg auf das Fensterbrett und kletterte hoch bis sie an dem offenen Fenster im ersten Stock ankam. Sie hielt kurz die Luft an und riskierte dann einen Blick in den Raum. Es war genauso ein dunkler Raum, wie der darunter, nur dass hier anscheinend der Technikraum war. Mercy zog sich hoch und schwang sich ins Zimmer. Sie schritt zur Türe, doch diese war verschlossen. Mercy setzte sich vor eine große Kiste und zog die Beine an ihren Bauch. Sie fragte sich, ob Scander wohl ihre Nachricht bekommen hatte. Vielleicht dachte er sich, dass sie den Jägern nachsetzte. Mercy konnte nur hoffen, dass er nicht alles darauf setzen würde, sie zu befreien. Denn das würde Mercys Plan völlig durcheinander bringen. Also wartete sie.

Zwölf

Nach einer Stunde, die sich für Mercy angefühlt hatte wie Tage, öffnete sich die Türe zum Technikraum. Ein schmaler Lichtstreifen erhellte den dunklen Raum. Ein großer Mann schritt herein und beklagte sich über den nicht vorhandenen Strom. Mercy sauste blitzschnell aus ihrem Versteck und schlug dem Mann ihre Faust ins Gesicht. Er sackte bewusstlos zu Boden. Mercy hoffte, dass niemand den dumpfen Aufprall seines Körpers gehört hatte. Sie schlich nach draußen in den Gang. Dieses Haus war so riesig, doch zum Glück hing ein Plan an der Wand. Mercy fand den Besprechungsraum im dritten Stock. Sie zog wieder ihre Kapuze über und stieg schnell die Treppen hinauf. Aus dem Besprechungsraum kamen gedämpfte Stimmen. Mercy hockte sich neben die Türe und begann zu lauschen. Sie hatte Glück, denn in der Besprechung ging es um Linnea und die zwei toten Jäger. ››Wie sicher bist du dir, dass es die Dämonin war?‹‹ Eine tiefe männliche Stimme, wahrscheinlich der neue Anführer der Jäger, sprach. ››Ziemlich sicher. Linnea hat gesagt, dass die Dämonin die beiden mit einem Bansheeschrei getötet hat. Wir haben die Leichen untersucht und sie zeigen keine Verletzungen auf, daher schließe ich, dass Linnea recht hat.‹‹ Es klang wie die Frau die Linnea von dem Gasthaus abgeholt hatte. ››Das wird ihre Haftstrafe um ein paar Jahre verkürzen. Doch habt ihr nachgeprüft wohin die Dämonin verschwunden ist?‹‹ ››Linnea behauptet, dass sie so schnell aus dem Gasthaus geflüchtet sei, dass sie sie nicht mehr verfolgen konnte.‹‹ Mercy lächelte. Ihre Schwester wollte, dass sie geschützt war. Sie dankte ihr dafür. Nun wandten sich die Gespräche wieder dem Gebäude zu.

Mercy beschloss hinunter in die Kerker zu gehen, um nach Linnea zu sehen. Die Wachen ließ sie mit dem gleichen Zauber einschlafen, wie sie es auch bei dem anderen Haus im Wald gemacht hatte. Linnea war die einzige Gefangene. Sie saß ganz hinten im letzten Kerker und hatte den Kopf an die Wand gelehnt. ››Linnea.‹‹ zischte Mercy. Ihre Schwester hob den Kopf. ››Was machst *du* hier? Ich dachte, du hättest es aufgegeben mich zu befreien und bist endlich nach Hause gegangen.‹‹ ››Eigentlich bin ich nicht hierhergekommen, um dich zu befreien, sondern um dieses Versteck zu finden. Ich wollte nur sehen wie es dir geht.‹‹ Linnea wandte den Kopf ab. ››Mercy, machen wir uns einen Deal aus. Ich verrate keinem, dass du hier gewesen bist, dafür versuchst du nicht mehr mich zu retten.‹‹ ››Okay. Danke übrigends, dass du gesagt hast, ich wäre so schnell geflüchtet.‹‹ Linnea blickte sie traurig an. ››Geh jetzt.‹‹ Mercy zog sich wieder ihre Kapuze über und ging. Sie schaffte es wieder durch das Fenster nach draußen zu klettern und lief in den Wald hinein. Der Mond stand hell am Himmel und war halbvoll. Mercy wusste, dass es zu spät war um den ganzen Heimweg zu schaffen, doch sie wollte aus diesem Wald heraus. Sie schlich immer am Rande des breiten Pfades, sodass kein Auto sie sehen konnte. Die Lichter der Stadt wirkten immer einladender. Als sie endlich aus dem Wald draußen war, suchte sie sich in einer Seitenstraße einen ruhigen Platz und legte sich dort hin. Mercy hatte noch nie zuvor auf der Straße geschlafen. Sie sah nur manchmal wie ärmere Leute es taten, doch nun musste sie sich verstecken und so zu tun als wäre man arm war eine gute Tarnung. Die Straße war hart und unangenehm, doch Mercy war so erschöpft, dass sie auch dort Schlaf fand.

Die ersten Strahlen der Sonne weckten Mercy. Ihr Rücken schmerzte, doch sie rappelte sich müde auf und schlenderte bis zu dem Hang vor, an dem sie tags zuvor hinunter geklettert war. Mercy war zwar noch erschöpft, doch sie fand genügend Kraft, um hochzuklettern. Oben angekommen machte sie sich auf den Weg zurück durch den dichten Wald. Da Mercy einen guten Orientierungssinn hatte fiel es ihr nicht sehr schwer zurückzufinden. Als es ungefähr Mittag war, stand Mercy bei der Höhle, in der sie sich das erste Mal verwandelt hatte. Sie hörte etwas von innen und näherte sich der Höhle vorsichtig. ››Mercy?‹‹ Seine Stimme jagte Mercy eine Gänsehaut über den Rücken. Sie klang als ob er tagelang gelitten hätte. Mercy duckte sich und kroch in die Höhle. ››Scander, ich bin's.‹‹ Er sah auf. Seine hellbraunen Haare waren zerzaust und seine grauen Augen musterten sie verwirrt. ››Mercy. Ich dachte, du wärst den Jägern nachgegangen und sie hätten dich eingesperrt oder schlimmeres?‹‹ Mercy bemerkte erst jetzt, dass Scander ihre Mütze in den Händen hielt, als wäre sie etwas sehr wertvolles, dass man nicht von ihm nehmen dürfe. Sie setzte sich neben ihn und legte ihren Kopf an seine Schulter. ››Alle haben geglaubt, du seiest entführt worden, nur ich dachte, dass du vielleicht einer Spur nachgehen würdest. Deshalb bin ich auch hier. Sie dachten ich hätte dich auf eine dumme Idee gebracht und du wurdest von den Jägern geschnappt.‹‹ ››Deshalb bist du hier?‹‹ Er nickte. Mercy legte einen Arm um ihn und fuhr ihm mit der anderen durch die Haare. ››Kommst du mit mir zurück?‹‹ ››Wenn du das willst, Mercy?‹‹ Mercy nickte. Scander stand auf und hätte sich fast seinen Kopf an der Höhlendecke angeschlagen. Er half ihr hoch und gemeinsam machten sie sich auf den Weg zurück in die Stadt.

Noch bevor sie angeklopft hatte, konnte Mercy schon die Stimmen im Inneren von Henrys Haus hören. Dort schien eine angeregte Diskussion stattzufinden. Mercy konnte auch das Schluchzen ihrer Mutter vernehmen, deshalb glaubte sie, dass von ihr die Rede war. Scander klopfte an. Schlagartig verstummten die Gespräche. Mercy hörte schwere Stritte und die Türe wurde geöffnet. ››Scander? Wir dachten schon du seiest ebenfalls auf eine so waghalsige Expedition gegangen wie Mercy….Mercy?‹‹ Henry starrte auf sie herab. Dann schaute er zu Scander, als würde er nicht verstehen, was hier vor sich ging. ››Aber du bist doch….‹‹ ››Tot? Du siehst, dass ich noch lebe, oder?‹‹ Henry trat stirnrunzelnd zur Seite und ließ Mercy und Scander vorbei. In Henrys Wohnzimmer saßen einige Leute, darunter auch Mercys Familie, Cassie, Elja und natürlich Luan. Mercys Mutter stürzte tränenüberströmt auf sie zu. ››Mercy, wir wusste, dass du nicht gestorben sein konntest. Wir wussten, dass du es schaffen würdest, zu uns zurückzukehren.‹‹ Mercy strich ihr mit der Hand beschwichtigend über den Rücken. Dann löste sie sich von ihr und stellte sich vor alle anderen Leute. ››Ich bin losgezogen, um das Jägerversteck ausfindig zu machen, weil ich die einmalige Chance dazu hatte. Ich habe wertvolle Erkenntnisse gesammelt, doch zuvor möchte ich euch noch um etwas bitten. Da ich auf eigene Faust losgezogen bin, habe ich nicht auf das Bitten eines anderen hin gehandelt. Ich will, dass ihr euch bei Scander entschuldigt. Ihr könnt ihn doch nicht einfach aus eurer Gemeinschaft ausstoßen. Was wäre wenn ich wirklich gestorben wäre? Scander wäre dort draußen sicher verhungert. Ihr hättet zwei Krieger weniger gehabt.‹‹ Die anderen schauten beschämt zu Boden. Henry hielt seinem Sohn die Hand hin. ››Scander, es tut uns leid, das wir dich ausgestoßen und zu Unrecht beschuldigt haben. Ich weiß, dass diese Entschuldigung nicht viel ist, doch sie ist alles was ich zu sagen weiß. Ich will, dass du weißt, dass ich es ernst damit meine.‹‹ Scander nickte. Luan räusperte sich. ››Vielleicht sollte uns Mercy erzählen, was sie erfahren hat.‹‹ ››Die Jäger haben ihr Versteck in einem Wald aufgeschlagen. Es ist nicht weit weg von hier, doch ich finde nicht, dass es besonders günstig wäre es aufzusuchen. Ich fände es feige, wenn wir auf den geschwächten Feind einschlagen. Wir sollten ungefähr dieselben Beschaffenheit haben. Überhaupt ist in einer Woche Vollmond. Wenn wir es schaffen den Kampf bis dorthin hinauszuziehen, wäre uns das von Vorteil.‹‹ Die anderen nickte. Zwar merkte Mercy, dass einige lieber sofort das Versteck gestürmt hätten, doch sie musste sichergehen, dass für Linnea keine Gefahr bestand. Mercy hatte ihr zwar versprochen, ihr nie wieder das Leben zu retten, doch sie konnte sie nicht so einfach sterben lassen. Scander, der sich inzwischen geduscht und umgezogen hatte, erschien in der Wohnzimmertüre. ››Wie weit habt ihr schon unsere Pläne ausgereift?‹‹ Henry sah ihn verwirrt an. ››Wir hatten in den letzten Tagen zu viel damit zu tun, unser verlorenes Mitglied zu finden.‹‹ Mercy schaute ihn wütend an. ››Ihr habt also nicht an den Plänen weiter gearbeitet. Wenn ich jetzt nicht hier stehen würde, dann würden euch die Jäger platt machen ohne dass ihr auch nur wiederstand leisten könntet. In meiner Zeit alleine da draußen habe ich etwas gelernt: Schaue niemals zurück, denn die Vergangenheit kannst du nicht ändern. Schaue immer nach vorne, denn die Zukunft kannst du ändern.‹‹ Henry holte einige Bögen Papier aus seinem Keller und breitete sie auf seinem Tisch aus. Es waren einige der bekanntesten Angriffsmethoden, die schon seit Jahrhunderten angewendet wurde. Mercy studierte sie lange, bis sie dann beschloss sie zu kombinieren. Scander half ihr dabei, die einzelnen Züge genau zu planen und zu skizzieren, denn sein Zeichentalent war etwas ausgeprägter als Mercys. Zwei Stunden darauf präsentierten sie stolz der Menge ihr Werk. Der Plan wurde vielfach ausgedruckt und ausgehändigt. Es war spät und Mercy war so erschöpft, dass sie beinahe auf dem Sofa eingeschlafen wäre, doch Scander bewegte sie dazu in sein Zimmer zu gehen, wo sie auf seinem Bett zusammen sank.

Dreizehn

Linnea zog ihre Kapuze zurück und schrie Mercy irgendetwas zu, dass sie nicht verstand. Ihre Augen sahen gestresst und ängstlich aus. Mercy lief schneller, doch das was sie verfolgte war dicht hinter ihr. Sie konnte es deutlich spüren. Linnea streckte ihre Hand aus. Mercy wollte sie ergreifen, doch sie war zu weit weg. Sie wollte Linnea bitten langsamer zu laufen, sodass Mercy ihre Hand nehmen konnte. ››Linnea! ‹‹ rief sie nach vorne. Doch noch bevor Linnea sich umdrehen konnte packte Mercy etwas am Bein. Ihr Schrei durchdrang die Luft. ››Mercy? Könntest du aufhören mich mit Kissen zu bewerfen?‹‹ Scander saß am Fußende seines Bettes und hielt ein Kissen in der rechten Hand. Mercy saß schweißgebadet in seinem Bett. ››Ich wusste gar nicht, dass es hier drinnen so heiß ist oder hattest du einem Alptraum?‹‹ ››Alptraum.‹‹ keuchte Mercy. Scander legte das Kissen neben Mercy auf das Bett und legte einem Arm um sie. ››Willst du mir erzählen, um was es ging?‹‹ ››Linnea und irgendetwas, dass mich verfolgt hat.‹‹ ››Nun, ich würde auf einen Jäger tippen. Aber natürlich muss nicht etwas konkretes damit gemeint sein. Es könnte einfach nur heißen, dass du dich gehetzt und gejagt fühlst.‹‹ ››Seit wann bist du ein Traumdeuter?‹‹ ››Ich sage nur drei Worte: Luan, ein Buch über Träume und ein langweiliger Tag am Strand.‹‹ ››Jetzt hast du mein Mitleid. Also, was machen wir heute?‹‹ ››Keine Ahnung. Vielleicht könnten wir auf den Friedhof gehen, da es dir ja wieder besser geht.‹‹ Mercy willigte ein. Scanders Auto stand auf dem ersten Parkplatz vor Henrys Haus. Mercy setzte sich auf den Beifahrersitz und wartete auf Scander. Er brauchte einige Minuten, bis er aus dem Haus kam. Seine Miene verritt, dass er gerade verärgert war. ››Was ist los?‹‹ ››Henry dachte, dass ich dich vielleicht wieder zu den Jägern fahren könnte. Als ob ich das je gemacht hätte oder machen würde.‹‹ ››Er vertraut dir nicht.‹‹ ››Wenn er es tut, dann vertraut er seinem Verstand mehr. Er will dich immer kontrollieren könne. Er muss einfach verstehen, dass du auch nur ein Mensch bist. Nicht seine Waffe.‹‹ ››Ich werde mit ihm reden.‹‹ Scander schaute sie von der Seite an. ››Danke.‹‹

Der Friedhofsparkplatz war fast leer. Mercy wollte aussteigen und wäre fast auf den Asphalt gekracht. Sie hatte vergessen, wie hoch Scanders Auto war. ››Geht's bei dir?‹‹ Mercy nickte. Die stählernen Türen am Friedhofseingang standen weit offen. Mercy kaufte sich noch in einem der Geschäfte eine Kerze und einen Strauß Blumen. Die Blumen waren von genau demselben lila wie Pennys Lieblingskleid. Sie hätten Penny sicher gefallen. Mercy hatte an dem Tag an dem die Beerdigungen gewesen waren, wohl ein sehr starkes Blackout gehabt, denn sie konnte sich weder erinnern wo Pennys Grab war, noch wie der Grabstein aussah. Zum Glück hatte sie Scander. Der Grabstein war aus schwarzem Marmor. Mit goldener Schrift standen Pennys Name und ihr Geburts- und Sterbedatum darauf. Darunter ein Zitat, das, wie Mercy vermutete, Cassie ausgesucht hatte. Es war eines von Pennys Lieblingszitaten: *If there comes a day when we can't be together, keep me in your heart, I'll stay there forever.* Penny würde immer in Mercys Herz bleiben. Sie war ihre beste Freundin gewesen. Natürlich mit Cassie. Scander stand einige Meter hinter ihr und beobachtete Mercy. Sie legte die Blumen vor Pennys Grabstein und zündete die Kerze an. ››Penny, es tut mir leid. Ich kann es gar nicht beschreiben wie leid es mir tut. Du bist gestorben, um anderen das Leben zu retten. Du bist einen Heldentod gestorben. Du bist einer der mutigsten Menschen, die ich kenne. Cassie und ich vermissen dich sehr. Ohne dich ist hier alles anders.‹‹ Mercy drehte sich um und verließ den Friedhof mit Scander auf den Fersen.

Mercy überlegte sich auf der Fahrt zurück zu Henrys Haus, was sie Henry sagen sollte. Scander schaute sie des Öfteren besorgt von der Seite aus an. Er dachte wahrscheinlich, dass sie den Besuch bei Pennys Grab noch verarbeitete. Es begann zu regnen. Schon wieder. Mercy sah das als kein gutes Zeichen an, aber sie war nicht Abergläubisch. Die Bäume in Henrys Garten bogen sich, da der Wind immer heftiger wurde. Scander stieg aus dem Wagen aus und wollte einen Schirm holen, doch dieser wurde davon geweht. Mercy hörte ihn selbst in durch die Autotür hindurch fluchen. Sie selbst öffnete die Tür und sprang hinaus. Scander sah sie entschuldigend an. Mercy zuckte mit den Schultern und rannte in Richtung von Henrys Haus. Scander lief ihr hinterher. Mercy klopfte, aber niemand öffnete. Scander, der einige Meter hinter Mercy war, kam nun auch zur Türe und blickte sich verwirrt um. ››Wo ist Henry?‹‹ Mercy zuckte mit den Schultern. ››Sein Auto steht noch in der Auffahrt, also kann er nicht...‹‹ Doch schon ertönten Schritten von drinnen. Henry öffnete die Türe. ››Tut mir leid, aber ich war im Keller und habe deine Pläne studiert, Mercy.‹‹ ››Henry, kann ich dich einmal unter vier Augen sprechen?‹‹ ››Natürlich.‹‹ Henry folgte Mercy in die Küche und schloss die

Tür. ››Henry, es geht darum, dass du alles was ich falsch mache, Scander in die Schuhe schiebst.‹‹ ››Ich will nur, dass du sicher bist.‹‹ ››Das weiß ich. Du bist für mich so etwas wie ein Onkel, aber bitte hör auf Scander zu beschuldigen. Er ist dein *Sohn*. Er kann meistens nichts dafür. Und du solltest ihm auch vertrauen. Er wird dich nicht enttäuschen. Ich schwöre dir, dass er einer der vertrauenswürdigsten Menschen auf der ganzen Welt ist und er würde mich nie von Jägern kidnappen lassen.‹‹ ››Aber du wirst nie wissen, was er dir für Ideen in den Kopf setzten wird.‹‹ ››Ich bin alt genug, um selbst zu wissen, was gut und was schlecht ist.‹‹ Henry wirkte nicht sehr überzeugt, aber er nickte. Er öffnete die Türe und bat Scander sich mit ihm zu unterhalten. Mercy setzte sich währenddessen hinaus vor das Kaminfeuer. Sie fror, als sie entdeckte, dass noch ein Fenster offen stand. Seufzend schlenderte sie hin, um es zu schließen. Doch als sie das Fenster erreicht hatte, flog etwas auf sie zu. Ein silberner Pfeil bohrte sich in ihren Oberarm. Schnell schmiss sie das Fenster zu und zog den Pfeil aus ihrem Arm. Warum war sie nicht schmerzempfindlich?! Die Wunde fing an zu bluten. ››Scander! Henry! ‹‹ Beide stürzten aus der Küche. Als sie Mercy sahen, lief Scander los, um den Verbandskoffer zu holen und Henry lief zum Fenster. ››Sie kommen eine Woche zu früh.‹‹ murmelte Mercy. Henry setzte eine ernste Miene auf. ››Vielleicht kann ich mit ihnen verhandeln.‹‹ ››Bitte Henry, pass auf dich auf.‹‹ ››Ich verspreche, dass ich mein bestes geben werde, damit ich heil zu dir zurückkomme.‹‹ Henry schritt zur Türe und machte sie auf. ››Ich verspreche es.‹‹ Mit diesen Worten verschwand er nach draußen. Scander, der gerade in den Raum gekommen war, starrte verwirrt zum Eingang. ››Was will er da draußen?‹‹ ››Er will mit den Jäger verhandeln, sodass der Kampf erst nächste Woche beginnt. Dann ist nämlich Vollmond.‹‹ Scander zog eine besorgte Miene, doch er schnappte sich Mercys Arm und zog die Pfeilspitze heraus. Mercy wickelte sie in ein Taschentuch. Sie würde sie Luan zeigen, der kannte sich mit so etwas aus. Nachdem Scander ihr den Arm verbunden hatte, fragte sie: ››Und? Was machen wir jetzt?‹‹ ››Das hier.‹‹ Sie zog einen Stapel Blätter vom Tisch. ››Die hat Luan mir für dich mitgegeben. Du solltest sie zwar alleine machen, aber ich kann dir gerne helfen.‹‹ ››Danke.‹‹ Sie saßen eine halbe Stunde lang vor einem Kreuzworträtsel für Waldmakierungen, bis endlich Henry zurückkam. ››Wie ich sehe, löst ihr eines von Luans sehr lustigen Quizzen.‹‹ Scander sah ihn genervt an. ››Wie war's?‹‹ ››Ganz gut. Ich habe die Jäger draußen vergeblich gesucht, doch dann gab ich es auf und sprach einfach meinen Wunsch in die Dunkelheit hinein. Plötzlich umringten sie mich alle. Ich habe ihnen gesagt, dass ich eine Verlängerung um eine Woche will. Als Grund habe ich ihnen gesagt, dass wir auch wissen, wo sich ihr Versteck befindet, wir aber nie angegriffen haben. Daraufhin haben sie mir die Verlängerung gestattet.‹‹ ››Na dann, können wir ja anfangen zu trainieren, oder?‹‹ ››Aber zuerst müssen wir noch Luans Rätsel fertig machen, denn sonst ist er zutiefst gekränkt.‹‹ ››Meinetwegen.‹‹ seufzte Mercy. Scander und sie setzten sich wieder auf das Sofa und versuchten bis spät in die Nacht hinein noch das Rätsel zu lösen, doch es war so langweilig, dass sie einschliefen.

Vierzehn

››Vielleicht könntest du ja noch die Azurras überreden zu kommen. Ich weiß, dass sie gerade eine schwere Zeit hinter sich haben, doch wir müssen es versuchen.‹‹ Henry rannte ihm Gang umher mit dem Telefonhörer in der rechten und einem Zettel in der linken Hand. Mercys Arm schmerzte. Sie zog ihren Ärmel hinauf. Zum Glück war das Blut nicht durch ihren Verband geflossen. Scander lag neben ihr auf der Couch und schlief seelenruhig. Mercy versuchte so aufzustehen, dass sie ihn nicht weckte. Henry bemerkte sie in seinem ganzen Eifer fast gar nicht. ››Mercy? Du bist schon wach?‹‹ Mercy hielt den Finger vor die Lippen und zeigte auf das Sofa. Henry verstand und redete wieder in das Telefon. Mercy machte sich in der Küche einen Toast mit Honig. Sie brauchte lange bis sie endlich den Honig gefunden hatte. Als sie ihn endlich auf einem der obersten Regale entdeckt hatte, hörte sie ein Lachen von der Küchentüre her. Es war Scander. ››Wie lange stehst du schon dort?‹‹ ››Lange genug, damit ich weiß, dass du dich hier nicht auskennst.‹‹ Sie schnitt ihm eine Grimasse und leerte etwas von dem Honig auf ihren Toast. Scander machte sich, während Mercy ihren Toast verspeiste, eine heiße Schokolade. ››Warum trinkst du eigentlich keinen Kaffee?‹‹ ››Weil ich erstens Kaffe nicht mag, zweitens nicht wie alle anderen Erwachsenen sein will, die auch alle Kaffee trinken und ich drittens jemanden kenne, der süchtig nach Kaffee ist und nichts anderes mehr gemacht hat als Kaffee zu trinken.‹‹ ››Du kennst Leute…‹‹ Mercy schüttelte den Kopf und löffelte den Schlag von Scanders heißer Schokolade. ››Hey! ‹‹ Mercy lachte und wollte aus der Küche flüchten, doch an der Tür stieß sie mit Henry zusammen.

Scander, der dicht hinter ihr gewesen war, prallte gegen sie. ››Entschuldigung.‹‹ ››Ist schon okay. Ich war auch einmal so jung und verliebt wie ihr es jetzt seid. Als ich sechzehn war...‹‹ Scander rollte mit dem Augen. ››Es interessiert keinen, Dad.‹‹ Mercy drehte sich zu Scander um. Hatte er Henry gerade wirklich ››Dad‹‹ genannt? Auch Henry schien verblüfft darüber zu sein, doch zog er aber nur eine Augenbraue hoch. Scander lehnte sich lässig gegen einen der Stühle. Mercy wusste wie alt diese Stühle teilweise waren und deshalb wunderte es sie nicht als dieser plötzlich zusammenkrachte. ››Wer kennt sich jetzt wo nicht aus?‹‹ sagte sie lachend. Scander schaute Henry entschuldigend an. ››Ich brauche sowieso neue Stühle.‹‹ Scander schaute Mercy in die Augen und drehte sich dann um. Mercy folgte ihm aus der Küche hinauf in sein Zimmer. Auf Scanders Balkon schien die Sonne. Mercy stellte sich nach draußen und genoss den Ausblick über die Stadt. ››Mercy? Es hat nicht gestimmt, was du mir über Pennys Tod erzählt hast, oder?‹‹ Mercy schwieg. Es war ihr als ob plötzlich die Sonne hinter großen schwarzen Wolken verschwinden würde. ››Du hast sie nicht einfach liegen lassen, oder doch?‹‹ ››Scander...‹‹ ››Wenn du es mir nicht erzählen willst, ist das schon in Ordnung. Ich will nur wissen ob es wahr war oder nicht.‹‹ ››Es war nicht wahr. Sie...Die Jäger wollten dich töten. Doch Penny hat sich davor geworfen, sie wollte, dass ich dich rette. Ich wollte sie nicht dort liegen lassen, doch ich musste. Ich konnte euch nicht beide retten. Penny war verwundet, aber du warst nur etwas benommen. Es war nicht genug Zeit. Ich wollte sie nicht töten. Sie wollte es so. Ich bereue, dass ich das Haus angezündet habe.‹‹ Scander starrte sie an. ››Sie ist also wegen mir gestorben?‹‹ ››Sozusagen.....‹‹ Scander schaute auf die

Stadt. »Das heißt, dass ich Schuld bin...« »Nein. Scander, es ist meine Schuld, okay?« Er schien sie nicht zu verstehen. »Mercy, ich bin Schuld daran, dass deine beste Freundin gestorben ist. Warum bist du noch hier? Warum beschützt du mich noch? Warum hasst du mich nicht?« »Weil ich dich liebe.« Mercy rang mit den Tränen. Sie wollte Scander nicht verlieren nicht jetzt. Scander sah traurig zu Boden. »Und ich werde dich nicht verlassen. Wie sehr du mich auch überzeugen willst, dass du kein guter Umgang für mich bist.« »Du bist so stur.« Er schüttelte den Kopf. Mercy war verzweifelt, doch Scander drehte sich zu ihr und schaute ihr in die Augen. Dann lehnte er sich vor und küsste sie. »Warum bist du überhaupt ein Dämon und kein Esel?« Mercy schaute ihn grinsend an. »Ich konnte es mir ja nicht aussuchen.« Es klopfte. »Ja?« »Kann ich rein kommen?« »Natürlich.« Luan kam herein und setzte sich auf Scanders Sofa. Mercy setzte sich neben ihn. »Ich habe gehört, dass du gestern von einem Jäger angegriffen wurdest.« Mercy nickte. »Hast du zufälliger Weise den Pfeil irgendwo aufbewahrt?« Mercy nickte und gab Luan die Pfeilspitze. »Silber.« stellte Luan sachlich fest und sah Scander besorgt an. Mercy verstand zuerst nicht, aber dann kam der Gedanke wie ein Blitz. »...Warte mal. Wenn nicht ich sondern Scander oder Henry zum Fenster gegangen wäre, dann wäre er jetzt tot.« Luan nickte. »Wir hatten Glück im Unglück.« »Luan, warum bist du eigentlich hier?« »Wegen dem Pfeil und ich wollte wissen, ob Mercy eigentlich auch wieder einmal bei ihr Zuhause schläft, denn es kommt mir so vor als ob sie in letzter Zeit nur bei uns ist.« »Wenn du mich unbedingt loshaben willst...« Mercy grinste. »Ich werde heute Nacht bei mir zu Hause schlafen. Chloe, Mom und Dad vermissen mich sicher schon. Überhaupt

brauche ich jemanden, der mich in Zauberei unterrichtet.«
Scander begleitete Mercy nach draußen. »Sei vorsichtig und bitte verschwinde nicht mehr, um irgendwelchen Jägern nachzuspionieren.« »Mach ich nicht. Jedenfalls nicht ohne dich.« Sie umarmte ihn und rief zurück in den Gang. »Tschüss, Luan.« Dann ging sie nach draußen und Scander schloss die Türe hinter ihr.

Mercy war kalt. Der Wind wehte ihr ständig die Haare vors Gesicht und ihre Ohren wurden immer kälter. Warum hatte sie sich nicht ihre Mütze mitgenommen?! Als sie endlich ihr Haus erreicht hatte, sah sie aus wie eine Vogelscheuche. Ihre Mutter öffnete die Türe, nachdem Mercy geklingelt hatte. »Die junge Dame schläft wieder einmal im eigenen Bett.« »Mom!« Mercys Mom lächelte und verschwand in die Küche. »Mercy!« Chloe lief freudestrahlend auf sie zu und Mercy nahm sie hoch. »Schau was ich kann.« Chloe streckte ihr Hand zu der nächsten Lampe hin, die sofort zu flackern anfing und dann erlosch. »Cool, Chloe.« Mercy streckte ebenfalls ihre Hand aus und die Lampe begann wieder zu leuchten. Chloe rannte vor ins Wohnzimmer, wo Mercys Vater vor dem Fernseher saß. »Daddy, Mercy ist wieder da.« »Dad, ich brauche jemanden, der mich in Zauberei unterrichtet. Könnten du und Mom das vielleicht machen?« Mercys Vater erhob sich von der Couch und schritt auf sie zu. »Wenn du willst, aber heute wird hier nicht mehr gezaubert. Okay?« Chloe und Mercy nickten zustimmend. Es war schon dunkel und Chloe wurde ins Bett geschickt. Mercys Vater war in sein Büro gegangen, um zu arbeiten, doch Mercys Mutter setzte sich neben Mercy aufs Sofa. »Mercy, wegen dem was ich damals in der Küche zu dir gesagt habe...Du weißt schon das wegen Scander... Es tut mir leid. Ich habe es nicht so gemeint. Ihr beiden, ihr seid gut füreinander. Er stoppt dich, wenn du zu viel deiner Dämonin vertraust. Du zeigst ihm, dass nicht alles im Leben ein Spiel ist. Ihr ergänzt euch perfekt. Ihr seid wie füreinander geschaffen .« »Danke, Mom.« Dann herrschte Stille bis Mercy wieder die Stimme erhob. »Mom, war es eigentlich für dich nicht schwierig, jemanden zu finden, der ein Zauberer war und den du mochtest?« »Naja...« Mercys Mutter lächelte. »Ich kenne deinen Vater schon lange. Er war einer der Mädchenschwärme in unserer Schule. Und ich war ein wenig wie du. Natürlich fand ich ihn auch hübsch, doch ich hätte nicht im Traum daran gedacht, dass er an mir interessiert sein könnte. Als ich dann herausfand, dass ich eine Hexe war, weil deine Grams es mir ebenfalls verheimlicht hatte, aber nur, weil sie dachte ich könnte damit nicht umgehen, konnte ich auch von anderen Personen spüren, dass sie magisch sind. So auch bei deinem Vater. Er wusste natürlich, dass ich eine Hexe war. Als meine Eltern ihn und seine Familie einluden, verstanden wir uns gut und unsere Familien kamen überein uns zu verheiraten. Wir Hexen wurden bis vor fünfzehn Jahren immer noch verheiratet. Bei mir und deinem Vater war das nicht mehr so streng wie früher. Unsere Eltern sahen, dass wir uns mochten und beschlossen es erst dann. Wir wurden mit zwanzig verheiratet. Das ist normal für Hexen, doch reichlich früh für normale Menschen.« »Mom, können alle Hexen fühlen, ob Menschen magisch sind oder nicht.« Mercys Mutter nickte. »Also das war der Grund, warum sich Penny und Cassie so komisch aufgeführt haben, als Elja und Luan in unsere Schule kamen.« »Sie wussten, dass deine Grams Erfolg gehabt hatte.« »Okay. Und

Mom? Wirst du mich auch verheiraten? Weil, wie du weißt gibt es nur eine Dämonin weltweit.« »Ich denke, da dieses Gesetz einige Jahre nach der Hochzeit von mir und deinem Vater erlassen wurde, dürften wir dich gar nicht mehr verheiraten. Es steht dir frei jeden zu heiraten, den du heiraten willst. Es wäre auch egal, denn egal wen du heiratest, deine Nachkommen, werden sicherlich auch Dämonen werden.« Das war nicht gerade das, was Mercy unter einer frohen Botschaft verstand. Wollte sie das ihren Nachkommen wirklich antun? Das Gleiche zu durchleben wie sie? Mercy wusste, dass sie es nicht alleine schaffen würde, doch bis zu dieser Entscheidung, blieb ihr noch Zeit. Der Mond schien durch das Fenster. In einer Woche war Vollmond. In einer Woche würden sie wieder kämpfen müssen.

Fünfzehn

Mercys Lektionen bei Cassie und Elja wurden immer schwieriger. Cassie lehrte sie immer noch nicht einfach nur dem Blutdurst nachzugehen, während Elja ihr von der ewigen Schreierei Halsweh bereitete. Auch Mercys Eltern versuchten ihr schwierigere Zauber beizubringen. Mercy begann sich immer öfter nach dem Werwolftraining zu sehnen. Natürlich nicht nach Luans langweiligem Gerede von den verschiedenen Lebewesen und Pflanzen im Wald, denn das bekam sie auch jeden Tag auf die Nase gedrückt. Sie sehnte sich nach Scanders Unterricht. Die Verwandlung, auch wenn diese schmerzhaft war. Die Streifzüge im Mondlicht. Und natürlich nach Scander selbst. Es waren Tage vergangen und sie hatte ihn nicht gesehen. Die Woche ging schneller vorbei, als Mercy gedachte hatte. Das hatte natürlich seine Vor- und Nachteile. Der Vorteil war, dass sie jetzt nicht mehr üben musste und der Nachteil war aber, dass ihnen bald ein Kampf bevor stand. Am Abend vor dem Vollmondtag, beschloss Mercy Scander zu besuchen. Draußen sah es schon wieder so aus, als ob es bald wieder regnen würde. Mercy hasste Regen eigentlich nicht, doch in letzter Zeit, schien es immer dann zu regnen, wenn etwas Schlimmes geschah. Mercy erblickte Henrys Auto vom Haus wegfahren. Wahrscheinlich machten er und seine Frau sich auf zum Abendessen. Luan war, wie sie von Cassie wusste, mit ihr ins Kino gegangen. Wie romantisch. Also war Scander alleine daheim. Mercy klopfte. Sie fragte sich allmählich, warum Henry keine Klingel hatte. Aber eine Klingel würde auch das schaurige Ambiente des Hauses zerstören. Lange passierte nichts und Mercy wollte schon umkehren, als sie etwas hörte. Jemand näherte sich der Türe. »Hi, Scander. Ich wusste du würdest da sein und...« In der Türe stand nicht Scander sondern Elja. »Hi, Mercy.« »Was machst du hier?« »Ich habe Scander nur schnell etwas vorbei gebracht.« Mit diesen Worten verließ sie das Haus. Ihre langen roten Haare wehten hinter ihr her. Mercy wusste das sie wahrscheinlich überreagierte, aber es war möglicherweise ein ganz normaler Reflex, denn die Eifersucht stieg in ihr auf. Sie schlich ins Wohnzimmer, wo Scander vor dem Kamin saß und las. »Scander?« Er hätte fast sein Buch fallen lassen. »Mercy? Ich dachte du...« »Ich würde trainieren? Das habe ich auch die letzten paar Tage gemacht, aber heute habe ich dich vermisst. Überhaupt was macht Elja hier?« »Sie hat sich nur einige Pläne geholt. Ihre Mutter hat anscheinend noch einige Banshees gefunden, die mit uns kämpfen. Mercy, bitte, das hat nichts zu bedeuten.« Mercy musterte Scander prüfend. Dann seufzte sie und schwang sich über die Lehne des Sofas neben ihn. »Scander, es tut mir leid.« Scander winkte ab. »Hätte ich wahrscheinlich auch gemacht, wenn ein Junge aus deinem Haus gekommen wäre. Nur mit dem Unterschied, dass er jetzt einen Kopf kürzer wäre.« »Wirklich lustig, Scander. Also, was hast du so in der letzten Woche gemacht?« »Ich war ein paar meiner Verwandten suchen.« »Du warst weg von hier? Wie lange?« »Drei Tage. Ich habe ihnen von dir erzählt. Wie anders du bist. Sie waren begeistert, dass du auch so klug bist und sind mir mit Freude gefolgt. Ich habe natürlich auch einige Werwölfe getroffen, die sich überhaupt nicht mit der Idee, dich im Kampf zu unterstützten, anfreunden konnten. Einige werden da draußen wohl selbst gegen die Jäger kämpfen müssen. Ohne Hilfe. Ich denke nicht, dass sie das lange aushalten werden. Ich habe auch versucht ihnen klar zu

machen, dass die Jäger nun besser gerüstet sind als vor hundert Jahren. Natürlich haben sie mir teilweise nicht geglaubt, denn was sollte ich schon wissen, da ich ja noch so jung war. Ich sage es dir, Mercy, wenn du achtzehn bist wird das nicht besser. Die Leute halten dich immer noch für jung und dumm. Ich habe Henry doch selbst gesagt er solle gehen, aber er hatte gemeint, dass er hier Stellung halten müsse. Es war jedenfalls eine bessere Idee als Luan zu schicken. Er ist noch jünger als ich.‹‹
››Was ist mit den anderen? Sind die anderen auch losgezogen um andere ihrer Art zu finden?‹‹ ››Deine Großmutter, Lily, hat natürlich ihr bestmögliches versucht. Doch die meisten Wesen misstrauen ihr. Außer die Hexen. Aber wir Werwölfe, die Banshees und die Vampire, denken, dass sie uns in eine Falle locken will. Meine Mutter kannte eure Familie und deshalb ist sie mitgekommen, aber ansonsten, wenn nicht deine Großmutter gekommen wäre, dann hätte meine Mutter sie wahrscheinlich aus dem Haus geworfen.‹‹ ››Und wo kommen dann die ganzen Banshees und Vampire her? Cassie und Elja waren doch die ganze Zeit bei mir.‹‹ ››Ja, das waren sie, aber Cassies große Schwester Andy hat gesucht, ebenso wie Eljas Cousine. Mit Andy bin ich lange zusammen gegangen, denn die Vampire und Werwölfe verstecken sich gerne in der Nähe des anderen, da sie sich nur selten angreifen. Andy hatte genauso viel Erfolg wie ich. Eljas Cousine hatte mehr Erfolg. Das liegt vielleicht daran, dass alle Banshees weiblich sind und nicht so misstrauisch wie einige Vampire oder Werwölfe. Auch lieben die Banshees das Schlachtfeld. Aber alles in allem waren wir eigentlich erfolgreicher, als wir dachten. Ich konnte sogar ein Rudel Werwölfe, die meinen Vater ausgestoßen hatten, überreden sich mir anzuschließen. Sie meinten ich sei ihm zwar

ähnlich, aber nicht in den schlechten Bereichen. Sie sagten auch, wenn alle ihre Werwölfe so tapfer seien wie ich, dann hätten sie keine Probleme mehr. Mercy, der Grund warum ich dir das erzähle ist, dass ich jetzt auch eine Entscheidung treffen muss. Das Rudel hat mir nämlich angeboten, dass ich mich, nachdem der Kampf beendet worden ist, ihnen anschließen kann. Ich wollte eigentlich schon nein sagen, aber irgendwas in mir hat mich dazu gebracht, es sich noch einmal zu überlegen .« »Scander, wenn du gehen würdest, wäre das als ob mir ein Teil fehlen würde. Aber wenn du glücklich bei dem Rudel bist, dann will ich dich nicht aufhalten.« »Ich werde es mir noch einmal überlegen.« Der restliche Abend verlief stumm, denn Mercy las und Scander saß noch einmal über den Plänen. Da Mercy nicht noch einmal von Luan gefragte werden wollte warum sie so selten bei ihr zu Hause schlief, verabschiedete sie sich um kurz vor zehn bei Scander und machte sich auf den Weg nachhause.

Mercy sah Linnea schon von weitem. Sie saß in einer Baumkrone am Waldrand. »Linnea? Wie bist du hierhergekommen?« »Zu Fuß« »Nein, ich meine, wie konntest du von den Jäger fliehen?« »Ich bin nicht geflohen. Sie haben mich ziehen lassen. Morgen beginnt der Kampf und sie brauchen alle Jäger, die sie kriegen können.« »Warum bist du hier?« »Um dir etwas zu erzählen. Du weißt doch, dass du unbesiegbar bist, oder?« »Ja und die Jäger wissen es auch. Also auf was willst du hinaus?« »Es ist eine Lüge.« Mercy starrte ihre Schwester verblüfft an. »Was?« »Es stimmt nicht. Ich weiß es schon seit ich ganz klein bin, doch habe ich es den Jägern nie gesagt. Sie haben es selbst herausgefunden. Mercy, dein Leben wurde an vier Leute gebunden. Wenn diese vier Leute sterben, dann bist auch du verwundbar und kannst getötet werden. Aber nur unter der Vorrausetzung, dass kein anderes magisches Wesen in der Nähe ist, wenn man eines dieser Wesen tötet. Denn dann springt dein Leben auf dessen Körper um. Hast du schon eine Ahnung wer die vier sind?« »Cassie, Penny, Luan und Elja.« »Stimmt. Unsere Großmutter hat sie nicht nur deshalb geholt, weil sie dich unterrichten sollten, denn das könnten auch ältere Wesen. Man befand es damals am klügsten, dein Leben auf alle vier Gründerfamilien aufzuteilen. Diese Lüge die Henrys Frau ihren Kindern erzählt hat stimmt nicht ganz. Unsere Großmutter hat Luans und Eljas Familie gebeten, das Land zu verlassen, für den Fall, dass die Jäger tatsächlich einmal dein Versteck ausfindig machen können. Henry blieb, doch nur weil unsere Großmutter sich nicht sicher war, ob ihre Unterdrückungszauber wirklich gewirkt hatten und du dich nicht wirklich einmal in einen Werwolf verwandeln würdest. Er musste sich schweren Herzens von seiner Familie trennen und hat mit seiner Frau beschlossen, dass es das Beste sei, ihren Kindern diese Geschichte zu erzählen, in der er seine Familie verlassen hatte.« »Aber, Linnea, Penny ist tot.« »Ja, das stimmt. Wer war das magische Wesen, dass ihr am nächsten war?« »Scander....« »Die Jäger werden sich besonders auf diese vier konzentrieren, also schütze sie mit all deiner Kraft.« »Linnea, du sagst immer, dass ich aufhören soll dein Leben zu retten, aber du rettest meines immer. Warum? « »Weil ich deine Schwester bin und Geschwister tun nun einmal so etwas füreinander. Ich will nicht, dass du leidest, Schwester, aber ich kann mich dir nicht anschließen.« »Werde ich dich morgen sehen?« »Ich denke nicht, dass sie mich an der

Front einsetzen werden, da ich keinen umbringen würde. Ich werde mich im Wald zurückhalten.« »Linnea, bitte versprich mir, dass du dich versteckst. Wir haben morgen Vollmond...« Linneas Gesicht wurde blass. »Stimmt. Ich werde es ihnen nicht verraten. Keine Angst, Schwester.« »Tschüss, Linnea. Bis irgendwann.« »Tschüss, kleine Schwester. Sag Chloe liebe Grüße von mir.« »Mach ich.« flüsterte Mercy in die Dunkelheit hinein, doch Linnea war schon verschwunden.

Sechzehn

Niemand ist unverwundbar. Niemand. Nicht einmal eine Dämonin. Mercy wusste das jetzt. Eigentlich war es ihr schon immer unwirklich vorgekommen. Es wäre falsch gewesen. Gegen die Natur. Im Wohnzimmer von Mercys Haus brannte noch Licht. Sie sah die Silhouette ihres Vaters durch den Vorhang schimmern. Er ging im Raum umher und schien irgendetwas Mercys Mutter zu erzählen, denn er gestikulierte wild mit den Händen. Mercys Mutter war nicht zu erkennen, doch Mercy vermutete, dass sie es war, mit der Mercys Vater sprach. Leise schlich sie um das Haus herum und klingelte an. Sofort hörte sie die Schritte ihres Vaters. »Mercy! Kannst du denn nicht deinen Schlüssel benützen? Chloe schläft schon.« Mercy murmelte etwas davon, dass sie ihren Schlüssel vergessen hatte und schreifte sich die Schuhe ab. Ihr Vater ging kopfschüttelnd in das Wohnzimmer zurück. Mercys Mutter saß in ihrem großen Ohrensessel und schaute Mercy mit hochgezogenen Augenbrauen an. »Wir dachten, dass du wieder bei Scander bleibst.« Mercy schüttelte den Kopf. »Dieser Junge ist wirklich sehr mutig, Mercy. Im Gegensatz zu seinem Bruder. Der ist eher...Etwas ruhiger.« »Ich weiß, Dad.« »Mercy, das was damals mit Linnea geschehen ist....Wir wollten nicht das es soweit kommt. Du warst uns wichtig, keine Frage, aber wir wollten nie unsere anderen Kinder vernachlässigen. Manchmal, als Chloe schon auf der Welt war, konnten wir vergessen, dass du anders bist, als normale Kinder. Du bist unsere Tochter egal was passiert.« »Dad, morgen ist ein anstrengender Tag, wir sollten jetzt alle schlafen gehen.« Mercys Mutter erhob sich aus ihrem Sessel und stieg die Stufen hoch nach oben. Mercys Vater folgte ihr nach. »Gute Nacht, Mercy.« »Gute Nacht, Dad.« Mercys Zimmer war dunkel. Bis auf das Schimmern von Scanders Goldarmband. Mercy hatte es nicht mehr getragen seit ihrem Geburtstag. Es war ihr zu wertvoll. Sie schaltete das Licht an. Auf ihrem Schreibtisch standen drei Bilder. Alle drei zeigten Cassie, Penny und Mercy. In dem ersten waren sie sechs Jahre alt und hatten Schultüten in den Armen. Im zweiten waren sie elf und trugen alle drei das gleiche goldene Kleid. Das Foto war auf der Hochzeit von Cassies Eltern geschossen worden, die erst sehr spät geheiratet hatten. Das letzte Bild war erst vor wenigen Monaten gemacht worden. Penny, Cassie und Mercy saßen am Teich und lachten über einen Witz von Mercy. Immer wenn sie diese Bilder sah, vermisste sie Penny. An der Wand hing ein Bild, das Scander ihr vor zwei Wochen geschenkt hatte. Luan hatte es gemacht, als Mercy wieder einmal bei ihnen zu Besuch gewesen war. Es zeigte Mercy, die Scander auf die Wange küsste. Mercy schüttelte lächelnd den Kopf. Von draußen schien der Mond in ihr Zimmer und traf das Bild von der achtjährigen Mercy, die ihre neugeborene Schwester Chloe in den Armen hielt. Mercy summte ein Lied vor sich her, wie sie es manchmal machte wenn sie nervös war. Sie ließ sich auf ihr Bett sinken und starrte zur Decke hinauf. »Ich werde das schaffen, Penny. Du bist gestorben, um mich und Scander zu retten. Ich schaffe das, um deinetwillen.« Sie schloss die Augen und schlief sofort ein.

Sie träumte von dem Haus ihrer Großmutter. In dem Haus gab es eine große Bibliothek. Mercys Großvater hatte sie einrichten lassen, denn er hatte Bücher über alles geliebt. Genau wie Mercy auch. Doch Mercys Großmutter hatte die Bibliothek verschlossen, nachdem Mercys Großvater vor vier Jahren bei einem Autounfall gestorben war. Mercy war schon lange nicht mehr hier gewesen. In dem roten Ohrensessel in der Ecke saß ihr Großvater und las in einem Buch. »Grands?« Er blickte auf. »Mercedes. Du bist gewachsen, wie ich sehe. Wie geht's dir? « »Nicht gerade sehr gut. Penny ist…« »Ich weiß. Mercedes, du musst so stark bleiben, wie du es warst.« »Ich weiß nicht, ob ich das kann, Grands.« »Mercedes, du bist das stärkste, klügste und mutigste Mädchen, das ich kenne. Du bist eine Dämonin, aber du solltest dich nicht schämen, dass du so stark bist. Setzte es ein um die anderen, die schwächer sind zu retten.« »Grands, ich habe Angst, dass morgen meine Wolfsseite durchbricht und ich nicht nur Feinde töte.« »Mercedes, du bist nun besser trainiert, als beim letzten Mal als du dich verwandelt hast. Dieser McEvans Junge, Scander, hat seine Sache nicht schlecht gemacht. Er hat dir die schönen Seiten vom Wolfsdasein gezeigt. Er hat dir auch Hoffnung und Freude gemacht. Mercedes, lass dich nicht von deinem Ziel abbringen. Ich weiß, dass dies viele Opfer kosten wird.« Seine eisblauen Augen, die Mercy traurig musterten, hatten die gleiche Farbe, wie Linneas. »Grands, was soll ich mit Linnea machen?« »Sie wird selbst entscheiden, was sie für richtig und falsch hält. Daran kannst du nichts ändern.« »Grands, das ist ein Traum, oder?« »Ja, aber Mercedes, beherzige das was ich dir gesagt habe, denn es kommt von deinem Herzen. Auf Wiedersehen.« Die Bibliothek verschwamm. Die Farben mischten sich bis es nur noch schwarz war. »Grands?« fragte sie in die Dunkelheit hinein, doch sie bekam keine Antwort.

Mercy fuhr aus ihrem Bett hoch. In ihren Ohren hörte sie immer noch die Stimme ihres Großvaters, die sagte: »Du bist eine Dämonin, aber du solltest dich nicht schämen, dass du so stark bist.« Mercy konnte ihre Kräfte auch für das Gute einsetzen, doch sie wusste nicht, ob sie das schaffen würde. Sie blickte sich um. Es war drei Uhr morgens. Mercy sollte sich schnellstens wieder hinlegen, damit sie ausgeruht sein würde. Stattdessen stand sie auf und ging zu ihrem Schreibtisch hinüber. Dort zog sie die erste Lade auf, in der ein Bild ihres Großvaters lag. Darunter war ein Schlüssel zu seiner Bibliothek. Mercy hatte es selbst nie über sich gebracht in die Bibliothek zu gehen, weil dort alles voller Erinnerungen an ihren Großvater war. Aber jetzt fühlte sie, dass sie dort etwas finden würde. Schnell schlich sie zu ihrem Kleiderschrank und zog einen Pullover heraus. Die Türe quietschte ein wenig als sie sie öffnete. Mercy huschte hindurch und schloss sie leise hinter sich wieder. Der Regen hatte aufgehört, aber es war trotzdem noch sehr kalt. Mercy verfluchte sich dafür, dass sie sich keine Mütze mitgenommen hatte, denn ihre Ohren waren schon rot vor Kälte. Sie joggte den ganzen Weg bis zu dem ihrer Großmutter. Mercy schlich um das Haus herum und sperrte die Hintertür auf. Ihre Großmutter hatte zum Glück ein anderes Quartier für die anderen magischen Wesen gefunden, sodass nur ihre Großmutter im Haus war. Mercy stieg leise die Treppe in den zweiten Stock des Hauses hinauf. Die Flügeltüre der Bibliothek war mit einer Eisenkette zugeschlossen worden. Mercy erkannte, dass die Kette sehr verstaubt war. Ihre

Großmutter hatte wohl auch vermieden hier herauf zu kommen. Sie steckte den Schlüssel in das dafür vorgesehen Loch. Es knarzte leicht, doch das Schloss um die Kette öffnete sich. Mercy zog vorsichtig die Kette von der Türe herunter, um nicht zu schepperten. Dann trat sie durch die Flügeltüre in die Bibliothek ihres Großvaters. Sie war noch genauso, wie Mercy sie in Erinnerung gehabt hatte. Nur etwas verstaubter. Der rote Ohrensessel ihres Großvaters stand noch genau am selben Platz. Mercy ging auf ihn zu. Auf dem Tisch neben dem Sessel lag ein Buch. Mercy hatte es noch nie zuvor gesehen. Es hatte einen goldenen Einband, aber keinen Titel. Mercy drehte es um, fand jedoch auch dort nichts. Sie schlug es auf. Die Seiten waren aus leicht gebräuntem Papier, sodass es älter aussah, als es tatsächlich war. Sie blätterte nach vorne und erkannte die leicht geneigte Schrift ihres Großvaters. Es war sein Tagebuch. Mercy schlug die erste Seite auf und begann zu lesen.

Clara hat endlich die Dämonin zur Welt gebracht. Es war eine schwere Geburt, doch das Kind ist wohlauf. Linnea hat sich sehr über ihre kleine Schwester gefreut, wobei sie natürlich noch nicht begreifen kann, was ihre Schwester eigentlich wirklich ist. Sie haben ihr den Namen Mercedes gegeben, was die Gnädige bedeutet. Hoffentlich wird sie uns nicht enttäuschen, doch wenn ich sie mir so ansehe kommt sie mir weniger, wie ein Dämon vor. Sie sieht aus wie ein ganz normales Kind. Lily hat Kraftunterdrückungszauber auf sie gelegt. Das hat ihr sehr viel Kraft geraubt. Sie schläft schon seit fünf Stunden. Clara ist noch im Krankenhaus, doch sie darf bald nach Hause gehen. Lily und ich haben auch Kara McEvans mit ihrem Jungen gebeten die Stadt zu verlassen. Henry war sehr traurig, denn Kara ist schwanger. Ich hoffe, dass die McEvans bald wieder kommen können, denn Henry wird immer trauriger. Doch wir wissen alle nicht wie gefährlich Mercedes ist. Lily hat mir gestern von einer Idee erzählt die sie hatte, doch ich weiß nicht ob das so eine gute Idee ist. Mercedes Leben auf andere unschuldige Kinder aufzuteilen, ist nicht gerade klug. Vielleicht wäre es klug, wenn wir wissen würden wie sie sich entwickelt, doch das ist jetzt noch ungewiss. Lily will noch drei Jahre warten, bis sie es durchziehen will....

Mercy hörte auf zu lesen. Sie wusste was danach geschehen war. Sie blätterte zurück bis auf den letzten Eintrag.

Lily hat den McEvans' einen Besuch abgestattet. Ihr ältester Sohn Scander ist sehr gut in der Verwandlung, weshalb Lily vorgeschlagen hat ihn als zweiten Lehrer für Mercedes auszuwählen. Mercedes hatte gestern ihren zwölften Geburtstag. Wenn ich sie ansehe, sehe ich ein normales Mädchen. Sie hat beste Freundinnen und eine nette Familie. Sie weiß noch nichts von ihrem Schicksal. Wenn sie dieses Tagebuch je lesen sollte, dann sollte sie wissen, dass ich ihr lieber ein normales Leben gewunschen hätte, als das, das sie bald führen muss.

Siebzehn

Mercys Großmutter schepperte unten mit den Töpfen herum, sodass Mercy nicht mehr nach unten gehen konnte, da ihre Großmutter sie entdecken würde. Bedächtig legte sie das Tagebuch ihres Großvaters auf den kleinen Tisch zurück und schlenderte durch die Bibliothek. Durch das Fenster kamen die ersten Strahlen der Sonne herein. Sie öffnete es und schaute nach unten, um die ungefähre Höhe abzumessen. Die Küche ihrer Großmutter war zum Glück nicht direkt unter ihr, sodass sie Mercy nicht sehen würde. Scander hatte ihr gesagt, dass sie es überleben würde ohne auch nur einen Kratzer abzubekommen. Sie kletterte auf die Fensterbank und sprang nach unten. Sie duckte sich unter den Fenstern hindurch und lief dann auf die andere Straßenseite. Ihre Großmutter würde sich wahrscheinlich nicht lange fragen, wer in der Bibliothek gewesen sein könnte, denn außer ihr selbst hatte nur Mercy einen Schlüssel. Mercy schaute zu dem Haus zu ihrer rechten hinauf. Es war Henrys Haus. Sie erblickte Scanders Balkon und daneben eine alte Eiche. Sie kletterte diese hinauf und sprang auf den Balkon. Durch die weißen Vorhänge konnte man in Scanders Zimmer blicken. Leise klopfte sie an die Balkontüre. Drinnen regte sich etwas. Scander tappte müde zu seinem Balkon und schloss die Türe auf. »Mercy, weißt du eigentlich wie spät es ist?« »Dir auch einen guten Morgen.« Sie zog sich die Schuhe aus und setzte sich auf Scanders Sofa. Scander selbst ließ sich auf sein Bett sinken. Seine hellbraunen Haare standen in alle Richtungen ab. »Was machst du so früh schon hier?« »Ich war bei meiner Grams.« »Ich kann mir nicht vorstellen, dass dich deine Großmutter so früh schon eingeladen hätte.« »Hat sie auch nicht. Eigentlich wusste sie nicht, dass ich dort war.« Scander zog eine Augenbraue hoch. »Du bist also bei deiner Großmutter eingebrochen?« »Ja....Nein.....Ja, aber ich hatte einen Schlüssel.« »Und was genau hast du bei deiner Großmutter gemacht?« »Ich war in Grands Bibliothek.« »Ah...Von der habe ich schon einmal etwas gehört. Hast du etwas gefunden?« »Sein Tagebuch.« »Du bist also bei deiner Großmutter eingebrochen und hast das Tagebuch deines Großvaters gelesen?« »In dem Tagebuch ging es ausschließlich um mich. Er hat es angefangen als ich geboren wurde und es endet mit meinem zwölften Geburtstag. Denn er ist bald darauf verstorben.« »Ich habe noch nie Tagebuch über jemand anderen geführt. Stand etwas Interessantes drinnen?« »Ja, eigentlich schon. Er hat auch von dir und deiner Mutter erzählt. Scander, wusstest du, dass mein Leben aufgeteilt wurde?« »Dein Leben wurde was?« »Als ich drei Jahre alt war hat meine Grams mein Leben auf vier verschiedene magische Wesen aufgeteilt. Penny, Cassie, Luan und Elja. Wenn sie alle sterben, dann kann ich auch sterben.« »Deine Großmutter hat eindeutig zu viel Harry Potter gelesen.« »Scander!« »Okay, okay. Aber Penny ist schon tot, das heißt, dass noch drei übrig sind, oder?« »Nein, denn wenn einer dieser vier getötet wird und ein anderes magisches Wesen in der Nähe ist spring mein Leben auf dieses Wesen über.« »Als Penny getötet wurde waren nur du und ich dort.....Das heißt es ist auf mich übergesprungen?« Mercy nickte. »Na wundervoll.« Scander zog den Vorhang zurück und ließ die Sonne herein scheinen. »Das heißt, du wirst jetzt deinen Plan umstellen müssen, oder?« »Ja, genau das heißt es.

Weißt du, ob Henry schon wach ist?« »Keine Ahnung. Aber ich weiß wo er die Pläne unter Verschluss hält.«

Henrys Keller war dunkel und stickig. Scander hatte eine Taschenlampe mitgenommen, die einen runden Lichtkreis an die Wand warf. Sie gingen an vielen Räumen vorbei, bis sie schließlich im letzten Raum ankamen. Scander ging in die hinterste Ecke in der eine kleine Holzschachtel lag. »Hier!« Der modrige Geruch des Holzes stieg ihr in die Nase. Mercy öffnete die Schachtel und zog einen Stapel Papier heraus. »Wenn alle wach sind, sollten wir sie zusammen rufen.« Scander nickte. Der Lichtschein der Taschenlampe führte sie wieder hinaus aus Henrys Kellergewölbe. »Ich denke, das wichtigste ist…« »…dass du jetzt etwas isst.« »Scander…« »Toast mit Honig? Kommt sofort.« Er ging mit großen Schritten in die Küche. »Manchmal bist du einfach viel zu süß.« Mercy hörte Scander aus der Küche lachen. Sie ging ebenfalls in die Küche und wärmte die Milch. »Und was machst du jetzt?« »Deine heiße Schokolade.« Scander grinste und beugte sich über den Toaster. »Ich glaube das Ding funktioniert nicht mehr.« Er beugte sich weiter darüber. Plötzlich klickte der Toaster und die Toastscheiben sprangen Scander ins Gesicht. Vor lauter lachen hätte Mercy sich fast die Milch über ihren Pullover geschüttet. Als Henry nach unten kam saßen Mercy und Scander lachend an der langen Tafel in Henrys Esszimmer. »Ich dachte du bist gestern nach Hause gegangen. Habe ich mich getäuscht.« »Sie ist mich heute früh besuchen gekommen.« »Henry, du wusstest, dass mein Leben aufgeteilt wurde, oder?« Henry nickte. »Wir müssen den Plan umstellen. Die Hauptaufgabe ist es nun Cassie, Luan, Elja und Scander zu schützen.« »Scander? Ich dachte Penny.« »Scander war das einzige magische Wesen, das in der Nähe war, als Penny gestorben ist.« »Na gut. Das heißt wir müssen eine Versammlung einberufen.« »Dad, lass sie zuerst noch fertig essen.« Henry schüttelte grinsend den Kopf und ging zur Tür, um sich anzuziehen. Scander lächelte Mercy entschuldigend zu. »Das heißt dann wohl, dass ich schneller essen muss.« »Lass dir ruhig Zeit. Ich werde zu jedem einzeln gehen und ihnen den Plan erklären.« hörten sie Henrys Stimme vom Gang her. »Danke, Dad.«

Luan und Cassie hörten geduldig zu, als Mercy ihnen von ihrem neuen Plan erzählte und dem Grund warum. Scander stand hinter ihr an den Türstock gelehnt da und lauschte ihr gebannt. Luan warf ihm ab und zu einen fragenden Blick zu, doch Scanders Aufmerksamkeit war nur auf Mercy gerichtet. »Das ist der Grund warum wir euch schützen müssen. Sogar ich.« »Das heißt wir dürfen nicht kämpfen?« Mercy sah sich zu Scander um, der sich vom Türstock abstieß und sie auf die Stuhllehne neben Mercy setzte. »Luan, es geht hier um mehr als nur um dein oder Mercys Leben. Es geht um einen Krieg, den wir verlieren könnten und dann wären wir alle tot. Also ja ihr dürft nicht kämpfen. Nur um euch zu verteidigen, also nicht angreifen, haben wir uns verstanden?« Cassie und Luan nickten. Auch wenn Luan diese Vorstellung nicht sehr gefiel. Scander und Mercy verschwanden wieder aus Luans Zimmer und setzten sich in Henrys Wohnzimmer. Einige Minuten später kam Henry zurück. »Und? Habt ihr Luan und Cassie den Plan erklärt?« »Ja, und du? Hast du alle erwischt, Dad?« Henry nickte und schlenderte in die Küche, wo er sich einen Kaffee machte. Scander schaute aus dem Fenster. Die Sonne hatte bald ihren höchsten Punkt erreicht. Am Abend würden sie kommen. Mercy wusste, dass sie im Vorteil waren, denn verwandelte Werwölfe waren stärker, als nicht verwandelte. Tief in ihrem Inneren hoffte Mercy, dass Linnea es geschafft hatte ihren Mund zu halten und die Jäger nicht auf den bevorstehenden Vollmond hingewiesen hatte. Hoffentlich hatte Linnea sich versteckt, denn Mercy vermutete, dass bei einigen Werwölfen, die wölfischen Instinkte die Überhand übernahmen würden. Auch mussten sie Chloe und die anderen Kinder sicher verstecken. Mercy hatte Henry vorgeschlagen, dass ihre Großmutter die Kinder schützen sollte, denn sie wollte auch ihre Großmutter nicht unnötig in Gefahr bringen. Noch einen Tod würde Mercy nicht so leicht ertragen. Für Mercy würde es nun ein schwererer Kampf werden, als beim letzten Mal. Sie musste in dem Glauben kämpfen, dass sie bald sterben könnte. Doch sie war optimistisch. Sie würde das schaffen. Um Pennys Willen. Wegen allen die bei der Verteidigung ihrer Art gestorben waren.

Achtzehn

Henry war mit den Jägern übereingekommen, die Schlacht etwas außerhalb der Stadt auszutragen. Denn beide Seiten wollten nicht, dass unschuldige Bürger verletzt wurden. Mercys Großmutter hatte sich mit einigen Kindern, die noch zu jung waren um zu kämpfen, darunter auch Mercys kleine Schwester Chloe, in Henrys Kellergewölben versteckt. Mercy hatte sich eine dehnbare schwarze Hose und ein weites T-Shirt angezogen. Ihr war zwar kalt in den Sache, doch etwas anderes, das so groß war, hatte sie nicht gefunden. Mercy ging an der Spitze der Gruppe, wie beim letzten Mal. Es gab nur einen Unterschied. Scander, Luan, Cassie und Elja waren in der Mitte der Gruppe. Scander sah nicht gerade sehr erfreut aus. Auch Luan, Elja und Cassie erweckten den Eindruck, als ob sie lieber an Mercys Seite kämpfen würden. Hinter Mercy waren die ersten vier Reihen fast ausschließlich Werwölfe. Die Sonne ging gerade unter, als Mercy als erster das große Feld betrat. Die Jäger standen schon auf der anderen Seite. Der große, breitschultrige, neue Anführer der Jäger kam mit zwei seiner anderen Jäger auf die Mitte des Schlachtfeldes zu. Scander drängelte sich aus der Menge heraus und stellte sich neben Mercy. Cassie stand ebenfalls neben ihr. Mercy musste lächeln, obwohl dies wohl keine Situation zum Lachen gewesen wäre. Doch Mercy war so froh die beiden an ihrer Seite zu haben, als sie die Mitte des Schlachtfeldes erreichten. »Ah, die Dämonin. Nun denn, da ihr hier aufgetaucht seid, heißt das, dass ihr kämpfen wollt.« »Bis zum letzten Blutstropfen.« »Na dann schlage ich vor, dass wir beginnen.« »Deal.« Mercy und ihre Eskorte wandte sich wieder ihrer Gruppe zu. Der Mond müsste bald aufgehen. Gerade hatte sich eine Wolke davor geschoben. Mercy führte einen Zauber durch, den ihr Vater ihr gezeigt hatte, und ihre Stimme wurde sofort lauter und alle konnten sie hören. »Denkt daran. Mein Vater hat das Kommando über die Hexen, Banshees und Vampire. Haltet euch an ihn. Und Werwölfe ihr folgt mir und denkt daran, dass ihr alles geben werdet um eure wölfische Seite zurückzuhalten.« Mercy schaute zum Himmel hoch. Sie spürte den Vollmond bevor sie ihn erblickte. Alle ihre Knochen schienen zu brechen, doch einige Minuten später stand sie völlig verwandelt vor den anderen. Mercy reckte ihren Kopf in Richtung des Mondes und begann zu heulen.

Die Jäger schienen sichtlich überrascht, doch sie fassten sich schnell wieder und rannten mit lautem Schlachtgeschrei über das Schlachtfeld auf Mercy und ihre Freunde zu. Mercy bellte und sie liefen vorwärts. Sie hatte so viel trainiert, dass es ihr gelang ihre wölfische Seite ein und auszuschalten. So übernahm ihre wölfische Seite die Führung, wenn es darum ging, Jäger zu töten. Henry, der als schwarzer Wolf neben ihr sich durch die Reihen der Jäger kämpften, schaute ab und zu Mercy dabei zu wie sie wild einige Jäger überrumpelte. In der Ferne hörte man Banshees schreien. Natürlich konnten Wölfe keine Ohrenschützer tragen, um sie vor den Schreien der Banshees zu schützen, doch Mercy hatte die gleiche Idee gehabt, wie auch schon Odysseus, als er auf seiner Odyssee bei der Insel der Sirenen vorbei gekommen war. Sie und einige andere Werwölfe waren in den Wald gegangen und hatten sich Wachs beschafft. Mercy musste es natürlich nicht in ihren Ohren haben, doch natürlich die anderen Werwölfe, weshalb Mercy sich mit ihnen einige Zeichen ausgemacht hatte, die sie befolgen sollten. Sie wedelte mit dem Schwanz und zuckte mit dem Kopf in Richtung von Scanders, Luans, Cassies und Eljas Verteidigungsringes. Mehrere Jäger versuchten ihn anzugreifen. Henry verstand und folgte Mercy die auf die Jäger zu lief und diese vertrieb. Im Ring konnte sie Elja erkennen, die die Jäger anschrie, Cassie, deren Gesicht voller Blut war und Scander und Luan, als Wölfe verwandelt, die nach allem schnappten, das auch nur ansatzweise zu den Jägern gehören könnte. Mercys Vater wrang mit dem neuen Anführer der Jäger. Mercy rannte auf die beiden Kämpfenden zu und biss dem Jäger ins Bein. Dieser schrie auf und Mercys Vater erdolchte ihn. Mercy rieb schnell ihren Kopf an dem Bein ihres Vaters und schaute sich dann um. Wie Mercy gehofft hatte war die Idee mit dem Vollmond grandios gewesen. Sie konnte fast keine Jäger mehr erkennen. Die einen waren wahrscheinlich geflohen, die anderen tot. Nur wenige magische Wesen lagen tot oder verletzt auf dem Boden. Mercy sprang auf einen großen Felsen in ihrer Nähe und beobachtete, wie Scander den letzten Jäger niederstreckte, dann jaulte sie. Sie wandte ihren Kopf in Richtung Wald und wedelte mit dem Schwanz. Die anderen Wölfe verstanden und folgen Mercy, die in den Wald gelaufen war. Scander hatte sie schnell eingeholt und trabte neben ihr her. Als sie die Lichtung erreicht hatten ließen sich die meisten Werwölfe erschöpft auf das Gras sinken und betteten ihre Köpfe in die Pfoten. Mercy gab mit einem Kopfreiben das Kommando an Luan und verschwand tiefer in den Wald. Wie sie gehofft hatte folgte ihr Scander. Er stupste sie mit der Schnauze in die Seite. Mercy hielt jedoch erst an, als sie an dem großen Baum mit den vielen Namen angekommen waren. Scander legte sich neben sie und schleckte über ihr Fell. Mercy genoss es und schlief bald darauf ein.

Scander weckte Mercy am nächsten Morgen. »Aufwachen, Engelchen.« Mercy musste grinsen. Scander stand über sie gebeugt da. »Deine Idee war nicht schlecht, aber dieses Wachs war entsetzlich.« »Tut mir leid, aber es musste ein.« »Aber, wie du siehst, leben wir alle noch.« »Das wissen wir nicht.« Scander rollte mit den Augen und half Mercy auf. »Komm wir gehen zur Lichtung zurück. Luan wird sicher noch auf uns warten.« Die Lichtung war voll mit wachen oder noch schlafenden Leuten. Luan kam ihnen entgegen. Scander lächelte. »Sind alle noch da Luan?« Luan schaute zu Boden. Seine Augen waren gerötet und er sah aus als hätte er geweint. Nicht Cassie, bitte, nicht Cassie. Von Scanders Gesicht verschwand das Lächeln. »Was ist?« »Bei den Werwölfen sind alle da, bis auf.....« Seine Stimme versagte. Mercy schaute sich um. Henry saß bei einigen älteren Werwölfen und unterhielt sich mit ihnen. Er konnte es nicht sein, aber wo war... »Wo ist Mom?« Scanders Gesicht war besorgt. Luan biss sich auf die Lippe. Scanders Gesichtsausdruck wurde von besorgt zu wütend. »Luan, WO IST MOM?« »Schrei ihn nicht an, Scander. « Über Luans Wange rollte eine Träne. »Scander, sie ist....Ich konnte nichts mehr machen. Sie haben sie heute Früh gefunden.« Scander schüttelte den Kopf und kehrte dann um, um in den Wald zu rennen. »Scander...« Doch er drehte sich nicht mehr um. Mercys Augen wurden feucht. Sie blickte zu Henry hinüber und erkannte einen der Männer, mit denen er sprach. Es war Scanders Onkel, der Pfarrer. »Es tut mir leid, Luan...« Mercy umarmte ihn und folgte dann Scander in den

Wald. Scander war anscheinend den Weg zurück zu dem großen Baum gerannt, denn dort verlor Mercy seine Spur. Sie blinzelte gegen das Licht der Sonne in die Baumkrone. »Scander?« Er antwortete nicht, doch Mercy wusste, dass er dort oben sein musste. Sie hängte sie an den ersten Ast und machte sich daran weiter hinauf zu klettern. Scander saß an der Stelle, wo Mercy und er ihre Namen hinein geritzt hatten. »Scander?« »Warum, Mercy? Warum sie?« »Das war Schicksal. Es hätte niemand ändern können. Irgendwann sterben wir alle‹‹ Das war nicht sehr aufmunternd und Mercy wusste es aus, aber im Moment konnte sie einfach nichts Tröstendes sagen. ››Ich hätte es verhindern können.« »Nein. Scander, sie ist gestorben im Kampf für ihr Volk. Genauso wie Penny.« »Wenn ich nicht gewesen wäre, dann wäre Penny nie gestorben.« »Wenn ich das Haus nicht angezündet hätten, dann wäre Penny nicht gestorben.« »Aber wenn du es nicht getan hättest, dann wären viele der Jäger noch am Leben und hätten sich nicht für ein Monat zurückgezogen.« »Es war Pennys Entscheidung. Sie wollte, dass ich dich rette. Auch deine Mutter hat entschieden. Und, Scander, wenn du jemanden suchst, auf den du sauer sein willst, dann nimm mich. Nur wegen mir wird dieser ganze Krieg geführt. Also komm, sei auf mich sauer.« »Ich kann nicht.« »Warum nicht?« »Aus dem gleichen Grund aus dem du nicht sauer auf mich warst, als Penny gestorben ist. Weil ich dich liebe.« »Du bist anstrengend.« Mercy legte ihren Arm um Scanders Rücken - und schubste ihn vom Baum hinunter. Sie sprang ihm hinterher. Scander starrte sie verblüfft an. »Was sollte das denn?« »Ich habe doch gesagt, dass ich dich das nächste Mal vom Baum schubsen werde.« Scander musste lächeln.

Neunzehn

Die Beerdigung von Scanders Mutter und den anderen Gefallen war am nächsten Tag. Es waren nicht so viele wie beim letzten Mal. Zum Glück. Scander trug den gleichen Anzug, den er auch bei Pennys Beerdigung getragen hatte. »Hey, wie geht's dir?« »Geht schon.« Mercy hatte auch ihr schwarzes Kleid mit den aufgestickten Blumen angezogen. Auch hatte sie sich an einem der Stände draußen vier verschieden farbige Rosen gekauft. Eine orange, eine weiße, eine rosarote und eine rote. Die rosarote legte sie auf das frisch zugeschüttete Grab von Scanders Mutter. Scander blieb neben Luan und Henry stehen. Mercy ging weiter und kam schließlich zu Pennys Grab. Pennys Eltern und ihr Bruder standen davor. Sam, Pennys Bruder, schaute auf, als Mercy die orange Rose vor Pennys Grabstein legte. Er lächelte sie dankend an. Dann ging sie weiter zu ihrem kleinen Stecken, den sie damals in die Erde gesteckt hatte. Die weiße Rosa war für Priya und ihre Mutter. Mercy machte sich dann zu dem letzten Grab, das sie besuchen wollte. Es war weiter weg, als die anderen. Die rote Rose hob sich sichtlich von dem schwarzen Grabstein ab. Edward Ellain. Mercy kniete nieder und legte eine Hand auf die Erde, unter der die Überreste ihres Großvaters ruhten. »Grands, danke, dass du mir geholfen hast. Wenn ich wählen könnte, würde ich wahrscheinlich auch ein normales Leben vorziehen. Doch es kommt auf deine Definition von normal an. Jedes Leben ist einzigartig. Ich bin froh überhaupt zu leben. Ich bin froh meine Familie und Freunde zu haben. Ich vermisse dich, Grands. Das tun wir alle. Ich hoffe, dass du stolz auf mich bist.« »Er wäre sicherlich stolz auf dich, Mercedes.« Mercys Großmutter stand in einem schwarzen Kleid mit einem dazu passenden Hut hinter Mercy. »Mercedes, du weißt sicher, dass ich bemerkt habe, dass du in Grands Bibliothek warst. Doch ich bin dir nicht böse. Ich hätte mich schon längst überwinden sollen und diese verstaubte, alte Bibliothek öffnen sollen.« »Grams, warum fandest du es eine gute Idee mein Leben aufzuteilen?« »Im Nachhinein gesehen war meine Idee wohl doch nicht so gut. Diese vier Kinder müssen nun mit dem Gewissen leben, dass sie dein Leben in der Hand haben. Doch damals habe ich mich nicht sonderlich darum gekümmert.« »Grams, kann man einen solchen Zauber nicht mehr rückgängig machen?« »Nein, meine Kleine. Aber ich denke die Jäger haben sich jetzt sicher für die nächsten hundert Jahre zurückgezogen.« »Heißt das, dass ich die nächsten hundert Jahre in Frieden leben werde. Wird das nicht langweilig.« Mercys Großmutter lachte. »Ich denke, es werden immer wieder manche Jäger auf die leichtsinnige Idee kommen und gegen dich kämpfen wollen.« »Was ist mit Linnea?« »Sie wird selbst wissen, was sie machen wird. Dein Großvater hat es immer bedauert, dass Linnea geflohen ist. Es war sein letzter Wunsch, dass ihr beide euch wiederseht. Deshalb, Mercedes, vergiss nie, bei allem was sie machen wird, dass sie deine Schwester ist.« »Das werde ich nie vergessen, Grams.« »Du bist stärker, als wir alle dachten und klüger. Wir hatten Angst, dass du dich den Jägern anschließt. Eine Dämonin ist ein sehr unberechenbares Wesen, aber wenn ich dich anschaue, sehe ich nur meine Enkeltochter. Ein glückliches sechzehnjähriges Mädchen. Du hättest dein ganzes Leben noch vor dir. Wir haben es zerstört.« »Nein, Grams. Ich werde mein

Lebe so leben, wie ich es lebe. Ob ich jetzt eine Dämonin bin oder nicht.« »Das ist die richtige Einstellung, meine Kleine. Vergiss nicht, dass ich sehr stolz darauf bin, was du gestern geleistet hast. Deine Idee bei Vollmond zu kämpfen war nicht schlecht.« »Trotzdem hat dieser Krieg viele Opfer gefordert. Es hat auch uns in unserer Mitte getroffen.« »Penny ist heldenhaft gestorben, Mercedes, und Kara im Kampf für die Freiheit ihres Volkes. Wir müssen sie ehren nicht betrauern, wie deinen Großvater hier. Auch Hexen und Zauberer können bei ganz normalen Dingen ums Leben kommen. Wir sind alle in unserem Inneren nur Menschen, Mercedes. Selbst du.« Mercy nickte und stand auf. Sie klopfte sich Erde und Grashalme von ihrem Kleid. »Komm, Mercedes, wir wollen doch nicht unsere Mitfahrgelegenheit verpassen, oder?« »Ich bin nicht gerade scharf darauf zu Fuß zu gehen, du vielleicht etwa Grams?« »Nein, meine Kleine, ich auch nicht. Komm schon.« Zum Glück waren die anderen noch da und standen um die Gräber herum. Scander stand noch immer neben Luan vor dem Grab seiner Mutter. Mercy legte ihren Kopf an seine Schulter und er legte sanft den Arm um ihre Taille. Mercy schloss die Augen und genoss einfach den Augenblick, obwohl es gar kein so schöner Augenblick war.

Mercy war schon auf zwei Beerdigungen gewesen. Aber auf ihrer ersten Beerdigung, der ihres Großvaters, war Mercy zu traurig gewesen, um alles mitzubekommen. Und möglicher Weise auch noch jung. Bei Pennys Beerdigung war Mercys Dämonin zu stark geworden und Mercy hatte nichts richtig mitbekommen. Die Beisetzung von Scanders Mutter war das traurigste, was Mercy je mitbekommen hatte. Mercy fand auch, dass die Bestattungen in Filmen immer deprimierender waren, als die eigentlichen Todesszenen. Da die Angehörigen immer eine Art sehr melancholische Aura ausstrahlten und dies Mercy immer sehr betrübte. Genauso eine Aura ging von Luan, Henry und Scander aus. Mercy hatte Kara, Scanders und Luans Mutter, nie wirklich gekannt. Das einzige, das ihr aufgefallen war, war, dass sie immer gut angezogen war. Sie schien eine wirklich nette Person gewesen zu sein. Scander hatte erzählt, dass sie sich sehr gut verwandeln konnte und sich immer unter Kontrolle hatte. Auch musste es für sie schwer gewesen sein mit zwei kleinen Kinder von ihrem Mann getrennt zu werden und die Kinder alleine großzuziehen. Mercy wollte wissen, ob sie wohl auch so viel Stärke in einer solchen Situation gezeigt hätte. Wahrscheinlich eher nicht. Denn Scander und Luan waren auch nicht gerade das, was man unter normalen Kindern verstand. Sie waren Werwölfe. Ihre Mutter musste sie durch ihre ersten und auch durch ihre weitern Verwandlungen begleiten. Nebenbei musste sie auch für Lebensunterhalt für sie alle drei Sorgen. Kara war in Ehre für ihr Volk gestorben. Mercy war sich dessen sicher. Scander, der neben ihr saß, da der Pfarrer und seine Helfer einige Klappstühle neben dem frisch zugeschütteten Grab aufgestellt hatten, wirkte kleiner und zermürbter als normalerweise. Der Tod seiner Mutter hatte ihn mehr mitgenommen, als viele erwartet hätten. Mercy mit eingeschlossen. Sie hatte sich gedacht, dass nach allem, was er erlebt hatte, Scander sich nicht wie ein kleines schmollendes Kind auf einen Baum zurückziehen würde. Doch hatte Mercy etwas anderes gemacht, als sie ihre Mutter fast getötet hatte? Und als Penny gestorben war? Sie hatte sich tagelang in ihrem Zimmer verschanzt und mit keinem mehr ein Wort gewechselt.

Sie unterschied sich nicht von Scander. Luan schien die Trauer, nicht wie Scander nach außer, sondern nach innen gekehrt zu haben. Auch Henry sah sehr in Gedanken oder in Erinnerungen gesunken aus. Mercy blickte sich, um und entdeckte ihren Vater, der den Arm um ihre Mutter gelegt hatte. Mercy war froh, dass beide noch bei ihr waren. Sie konnte nicht abschätzen, ob sie möglicher Weise die Kontrolle über sich verlieren würde und dann jemanden umbringen würde. Auch diese namenlosen Leute hatten auch Familien, die um sie trauern würden, so wie Mercy und die anderen gerade um ihre Gefallenen hier ebenfalls trauerten. Aber auch die Jäger hatten Familien und Freunde. Mercy konnte niemanden töten ohne jemanden hervorzurufen, der ihren Tod wollte. Natürlich aus Rache. Doch auch Mercy hatte aus Rache gehandelt. Vielleicht wussten viele Jägern nicht, dass auch die Dämonin Gefühle hatte. Mercy würde niemals überleben können ohne jemanden zu verletzen. Auch wenn sie das nicht wollte und nur aus Verteidigungsreflexen her handelte. Mercy erkannte, dass Krieg niemals Gewinner hervorbrachte. Es gab immer nur Verlierer. Denn obwohl eine Seite zwar die andere Seite besiegen wird, wird es dennoch auf beiden Seiten Verluste geben. Dieser Wunschgedanke von einer kampffreien Welt war wahrscheinlich der Traum eines jeden, der wusste wie hart Krieg und Leiden waren. Mercy konnte nur hoffen, dass die Jäger sie von jetzt an in Ruhe lassen würden, denn dann war sie nicht gezwungen einen von ihnen zu ermorden. Mercy tat es nämlich um jedes Leben leid, dass sie nehmen musste. Der Pfarrer bat sie alle, sich zu erheben. Mercy war froh, dass der Pfarrer selbst einer von ihnen war, denn sonst wäre es etwas komisch gewesen, wenn plötzlich so viele Leute begraben worden wären. Scander war alle Farbe aus dem Gesicht gewichen. Er machte nun den Eindruck, als ob er gleich umkippen würde. Mercy ergriff seine Hand. Seine grauen Augen wanderten von ihrer Hand zu ihren Augen. Mercy sah ihm an, dass er geweint hatte. Zur Sicherheit legte sie auch noch ihre zweite Hand auf seinen Arm. Sie streckte sich und flüsterte ihm ins Ohr: ››Wir schaffen das.‹‹

Zwanzig

In Scanders Auto war es außergewöhnlich still. Luan hatte es vorgezogen mit Cassie in Henrys Auto zu fahren, doch Scander wollte sich anscheinend nicht bei seinen noch verbliebenen Familienangehörigen aufhalten. Mercy hatte ebenfalls angeboten ihn zu fahren, doch er hatte dankend abgelehnt. Sie war dann doch bei ihm mitgefahren, um sicherzugehen, dass er keinen Unfall baute. Vor dem Friedhof bildete sich eine Schlange und Scander war gezwungen anzuhalten. Er sah überhaupt nicht gut aus. Eher glich er einer Leiche. Mercy konnte es nicht ertragen ihn so zu sehen. ››Bist du dir sicher, dass du Autofahren kannst?‹‹ ››Ja.‹‹ erwiderte er schroff. ››Ich mache mir nur Sorgen, Scander...‹‹ ››Ist schon in Ordnung. Ich schaffe das schon. Ich werde jetzt nicht aufgeben.‹‹ Seine Stimme brach. ››Scander, es ist keine Schande einige Zeit lang zu trauern. Ich habe mich auch in meinem Zimmer verschanzt und nichts mehr gemacht, als Penny gestorben ist. Nimm dir die Zeit, die du brauchst.‹‹ Scander nickte, schien sie jedoch nicht ernst genommen zu haben. Langsam machte sich Mercy wirkliche Sorgen und fragte sich, ob sie einfach Scanders Türe mit einem Versiegelungszauber verschließen sollte. Die Schlange löste sich auf und Scander bog nach rechts ab. ››Scander wir müssen nach links.‹‹ ››Ich weiß.‹‹ Er fuhr aber weiter die Straße entlang. Mercy hielt sich zurück, denn sie wollte keinen Wutanfall von Scander riskieren. Bald ging Mercy auf worauf Scander zu fuhr. Der See kräuselte sich leicht neben der unbefahrenen Landstraße. Mercy konnte kleine Häuser am anderen Ende des Sees erkennen. ››Wir fahren zu dir nach Hause, oder?‹‹ Scander nickte und trat aufs Gaspedal.

Das Haus in dem Scanders Mutter Scander und Luan großgezogen hatte war ganz am anderen Ende des Sees. Es war schon vier Uhr, als Mercy und Scander mit Scanders Auto auf einem schotterbedeckten Parkplatz stehen blieben. Das Haus, in dem Scander aufgewachsen war, sah ganz anders aus, als das von Henry. Henrys Haus war grau gestrichen, hatte diese gruseligen spitzen schwarzen Türmchen und strahlte eine etwas bedrohliche Atmosphäre aus. Dieses Haus war weiß gestrichen und hatte eine Veranda, die in Richtung des Sees zeigte. Scander schritt auf die große Eingangstür zu und schloss sie auf. Drinnen machte alles einen sehr verlassenen Eindruck. Einzelne Möbel standen kreuz und quer durcheinander gewürfelt da. ››Scander? Was ist hier los?‹‹ ››Sie waren hier.‹‹ Seine Stimme war kalt und Mercy konnte deutlich den Hass darin spüren. ››Die Jäger haben hier etwas gesucht. Nur was?‹‹ Scander biss sich auf seine Lippe und schaute Mercy dann entschuldigend in die Augen. ››Ich weiß, was sie gesucht haben.‹‹ ››Und? Was ist es?‹‹ ››Es geht um dich. Wieder einmal. Aber es betrifft auch uns alle.‹‹ ››Jetzt mach es nicht so spannend, Scander.‹‹ ››Meine Mom hat lange geforscht, wie man die Jäger töten kann, denn es gab schon öfter solche Massenkämpfe, bei denen wir versucht haben, alle Jäger auszurotten, doch es hat nicht funktioniert. Mom hat vermutet, dass die Jäger irgendeine Art Genträger haben. Dieser Genträger trägt die Gene der Jäger in sich. Du musst wissen, dass Jäger besonders ausgebildet werden und auch gute Reflexe und geschärfte Sinne haben müssen, weshalb sie nur die besten aufnehmen und versuchen

in der Familie zu bleiben. Sie haben alle ein ähnliches Erbmaterail. Und dieses Material wurde jemandem eingesetzt, der nicht mitgekämpft hat. Meine Mom hat immer wieder versucht zu erkenne wer es gewesen sein könnte, doch sie fand nie den Genträger. Die Jäger haben wahrscheinlich versucht ihre Aufzeichnungen zu zerstören, weil sie dachten, sie hätte es niemandem erzählt und wir würden nichts davon wissen. Ich bin der einzige der davon weiß. Und du natürlich jetzt auch.‹‹
››Weißt du wo die Aufzeichnungen versteckt waren?‹‹ Scander nickte und machte sie auf den Weg in den dunklen Keller. Auch hier waren alle Regale ausgeräumt und umgeworfen worden. Vor Scander ragte eine riesige dicke Tür auf. ››In dem Tresor?‹‹
››Ja, da kommt keiner so schnell hinein.‹‹ Er drehte einige Minuten am Schloss herum bis es klickend aufsprang. Drinnen war alles noch schön und ordentlich aufgestapelt, also waren die Jäger nicht bis hierhin vorgedrungen. ››Also, Scander, wo sind die Pläne?‹‹ Scander deutete in den hintersten Teil des Raumes, wo eine große Kiste stand. Er versuchte sie zu öffnen, doch die Scharniere waren schon ziemlich rostig. ››Mercy? Könntest du mir helfen?‹‹ Als Vampir war es gar nicht so schwierig den Deckel zu öffnen. Drinnen lagen einige altertümlich aufgerollte Schriftrollen. Mercy zog erstaunt eine Augenbraue hoch und schaute Scander an. Dieser jedoch wühlte in dem Rollendurcheinander bis er das fand wonach er gesucht hatte. Die Kiste besaß einen Doppelten Boden. Scander hob diesen an und zog einen Stapel Papiere hervor. ››Hier sind die Pläne.‹‹ Den restlichen Abend beschäftigten sich Mercy und Scander eingehend mit den Aufzeichnungen von Scanders Mutter Kara. Sie hatte einige der alten Bücher von Mercys Großvater durchforstet, wie sie in ihren Aufzeichnungen

schrieb. Scander saß immer noch über dem ersten Blatt Papier und starrte die Handschrift seiner Mutter an. ››Scander, du musst das nicht machen.‹‹ ››Doch. Sie hätte gewollt, dass ich weiter mache.‹‹ Mercy wandte sich wieder ihrem Papier zu. Es war von letztem Monat.

Lily lässt immer noch keinen in ihre Bibliothek. Ich bin nicht nur wegen der Dämonin hierhergekommen, aber jetzt sehe ich mich gezwungen, meine Forschungsarbeit aufzugeben. Henry ist meine letzte Hoffnung. Er wird in das Familienarchiv fahren und nachsehen, ob er etwas findet. Ich musste ihn leider einweihen, doch sein Wissen ist nicht so umfangreich wie Scanders. Er und Mercedes sind wie füreinander geschaffen, doch wie jede Mutter frage ich mich, ob sie die Richtige ist. Vielleicht wird Scander sie eines Tages auch einbeziehen. Sogar ziemlich sicher.

Mercy legte dieses Blatt weg und nahm das nächste.

Ich habe mir die Ergebnisse von Henrys Suche in den Familienarchiven angesehen und mir fällt ein gewisses Muster auf. Immer wenn ein Kampf zwischen den Jägern und magischen Wesen ausgetragen wurden, war einige Monate zuvor ein Kind verschwunden. Ich denke, dass die Jäger sich immer wieder Kinder als Genträger aussuchen. Es dauert zwar ein paar Jahre bis diese sich wieder fortpflanzen können, aber ihr fortbestand ist gesichert. Wir müssen nun nur noch überlegen wer der Genträger sein könnte und diesen dann töten, denn so wären den Jägern die Waffen weggenommen. Ich muss jetzt zurückfahren, sonst machen sich Luan und Scander Sorgen wo ich so lange bleibe.

››Scander? Hier.‹‹ Mercy reichte ihm das Blatt Papier. Scanders Augen überflogen den Text und sahen Mercy dann an. ››Hast du eine Ahnung wer der Genträger sein könnte?‹‹ ››Nein. Aber ich schätze du hast eine, oder?‹‹ ››Ja und das wird dir nicht gefallen.‹‹ ››Wer ist es Scander?‹‹ ››Ich vermute, dass du jetzt noch einen Tod vertragen musst. Mercy, es ist Linnea.‹‹ ››Wie sicher bist du dir?‹‹ ››Sehr sicher. Hast du denn nie bemerkt, dass du keine Kinder gesehen hast?‹‹ ››Du meinst, dass sie aufgehört haben sich fortzupflanzen, als sie von mir gehört haben, weil sie weniger Blut vergießen wollten. Deshalb haben sie Linnea als Genträger genommen. Sie ist keine von ihnen, sondern viel stärker.‹‹ ››Und sie wissen, dass du sie niemals töten würdest.‹‹ Mercy biss sich auf die Lippe. ››Es muss noch eine andere Wahl geben. Ich kann meine Schwester nicht töten. Und wenn jemand anderes das erledigt, werde ich ihm nie verzeihen.‹‹ ››Das dachte ich mir schon, aber leider, Mercy, meine kleine Dämonin, gibt es keinen anderen Weg.‹‹ ››Es gibt einen anderen Weg. Und nenn mich nie wieder deine kleine Dämonin, okay?‹‹ Scander grinste. Das erste Mal seit Tagen. ››Okay.‹‹ ››Was machen wir jetzt? Bleiben wir hier oder fahren wir wieder nach Hause?‹‹ ››Wäre es schlimm hier zu bleiben?‹‹ ››Nein. Ich denke zu Hause würde ich es sicher nicht aushalten. Mit den ganzen Leuten, die mir gratulieren, dass wir gesiegt haben, obwohl so viele das Leben lassen mussten. Ich finde es hier viel gemütlicher hier.‹‹ ››Heiße Schokolade?‹‹ fragte Scander mit einem warmen Lächeln. ››Heiße Schokolade.‹‹

Einundzwanzig

Auf der Veranda wehte eine warme Brise. Der See war nur noch eine dunkle Masse. Scander starrte zu den Sternen. ››Fragst du dich manchmal, was Penny denken würde, wenn sie dich sehen könnte oder dein Grands?‹‹ ››Manchmal. Scander, du wirst ihren Tod nie vergessen. Auch wenn du dich noch so sehr bemühst.‹‹ ››Ich weiß. Mercy, wir sollten hinein gehen, es wird kalt.‹‹ Scander bot Mercy Luans Zimmer an, doch Mercy lehnte ab. Sie wollte nicht in seinem Zimmer schlafen, wenn Luan nichts davon wusste. Scander legte ihr einen Polster und eine Decke auf das Sofa. Mercy kroch unter die Decke und bettete ihren Kopf auf das Kissen. Sie konnte verstehen, warum Scander nicht wollte, dass sie bei ihm in seinem Zimmer schlief. Scander weinte vermutlich im Schlaf und das war ihm peinlich. Vor allem vor Mercy. Er beugte sich vor und gab ihr einen Kuss. ››Schlaf gut, Mercy.‹‹ Mercy murmelte etwas zurück und Scander stieg leise die Stufen nach oben.

››Mercy, wir sollten zurück fahren. Henry hat mich gestern sicher zehn Mal angerufen, aber ich hatte mein Handy ausgeschalten.‹‹ Scander riss die Vorhänge auf und Mercy strahlte die Sonne ins Gesicht. Sie grummelte. ››Komm schon, Mercy.‹‹ Scander hob sie hoch und trug sie ins Badezimmer. Sie fing an zu schreien. Lachte aber bald darauf los. ››Scander! Gestern warst du noch so.....du weißt schon.‹‹ ››Schneller sonst gibt's für dich keinen Toast mit Honig.‹‹ ››Hoffentlich weißt du diesmal, wie der Toaster funktioniert.‹‹ Sie hörte sein gedämpftes Lachen durch die Badezimmertür. Mercys Haare hatten sich gelockt. Sie kämpfte fünf Minuten damit, sie normal aussehen zu lassen, bis es ihr halbwegs gelang. Scander stand mit einem Stück Toast in der Türe und spielte mit den Autoschlüsseln. ››Was hast du denn mit deinen Haaren gemacht?‹‹ Mercy seufzte. ››Danke.‹‹ ››Mercy, tut mir leid. Es war nicht so gemeint. Du solltest sie öfter so tragen.‹‹ Sie schaute ihn prüfend an. Dann schnappte sie sich die Toastscheibe und lief vor bis zum Auto. Scander sperrte hinter ihr das Haus zu. Als er sich neben sie ins Auto setzte, sah er sie unsicher an. ››Du bist mir doch deshalb nicht böse, oder?‹‹ ››Nein. Aber deine Haare sehen auch nicht gerade gut aus heute.‹‹ Sofort wanderte Scanders Hand zu seinen verstrubbelten Haaren. Mercy lachte und Scander schnitt ihr eine Grimasse. Die Oberfläche des Sees wurde vom Licht der Sonne erhellt. Mercy kurbelte das Fenster herunter und hielt ihren Kopf nach draußen. Der Wind fegte ihr durch die Haare und ließ sie noch schlimmer aussehen, als sie schon waren. Scander stieg grinsend auf das Gaspedal und Mercy schloss die Augen.

Henrys Haus ragte vor ihnen auf wie eine gigantische Burg. Scander sperrte das Auto ab und hielt Mercy den Arm hin. ››Spielst du jetzt den Gentleman?‹‹ ››Ich bin doch immer ein Gentleman.‹‹ Mercy harkte sich ein und schlenderte mit Scander durch Henrys Garten. Bevor Scander klopfen konnte, öffnete sich schon die Türe. Henry stand im Türrahmen und funkelte seinen Sohn wütend an. ››Scander, du wagst es nach der Beerdigung deiner Mutter einfach so zu verschwinden?! Noch dazu mit Mercedes! Weißt du wie viel Ärger ihr mir gemacht habt?‹‹ ››Eigentlich hat er sich Sorgen gemacht.‹‹ hörte man Luans Stimme hinter Henry. ››Na gut. Ich habe mir

Sorgen gemacht. Was denkt ihr denn? Wir dachten, dass ihr vielleicht genauso enden könntet wie die anderen.‹‹ Mercy umarmte Henry und ging den Gang entlang ins Wohnzimmer, in dem, wie zu erwarten, Cassie saß. ››Mercy! Du kannst doch nicht einfach so verschwinden!‹‹ ››Dad, du musste ein Treffen einberufen. Mercy und ich waren in Moms altem Haus und haben ihre Unterlagen wegen den Genträgern durchgesehen. Wir haben etwas sehr wichtiges gefunden.‹‹ Henry zog überrascht eine Augenbraue hoch und marschierte dann schnurstracks zum Telefon. Luan und Cassie blickten Mercy und Scander fragend an. ››Genträger?‹‹ fragte Cassie. ››Moms Haus?‹‹ Luan wandte sich an Scander. ››Erklären wir euch später. Haben wir etwas verpasst?‹‹ ››Außer die riesigen Scherereien, die ihr uns gemacht habt, als ihr verschwunden seid, nichts. Deine Grams wollte dich auch noch sprechen, Mercy, bevor sie hörte, dass du verschwunden warst.‹‹ ››Okay. Ich gehe jetzt rüber. Holt mich, wenn das Treffen stattfindet.‹‹ Mercy zog sich wieder an und wollte sich auf den Weg zu ihrer Großmutter machen, als sie merkte, dass Scander ihr folgte. ››Scander, bleib hier. Das ist wahrscheinlich etwas zwischen meiner Grams und mir.‹‹ Er nickte und schloss die Türe hinter ihr.

Bei ihrer Großmutter schien niemand zu Hause zu sein, denn niemand öffnete Mercy die Türe. Doch Mercy fühlte die magische Aura ihrer Großmutter. Sie schlich um das Haus herum und holte den Schlüssel für die Hintertür heraus. Mercy folgte ihrem Gefühl, das sie in den zweiten Stock führte. Die Bibliothek ihres Großvaters. Tatsächlich war sie offen. Mercys Großmutter saß in dem rote Ohrensessel ihres verstorbenen

Mannes und schlief mit einem Buch auf dem Schoß. ››Grams?‹‹ Mercys Großmutter schreckte auf. ››Mercy? Ich dachte du seiest verschwunden.‹‹ ››Jetzt nicht mehr.‹‹ Ihre Großmutter klappte das Buch zu und legte es auf den kleinen Tisch. Mercy erkannte den goldenen Einband. Es war das Tagebuch ihres Großvaters. ››Du wolltest mich sprechen?‹‹ ››Ja. Es ging um Linnea. Sie war vor ein paar Tagen hier und wollte mit mir sprechen. Sie wollte mit mir Grands Grab besuchen. Es kam mir komisch vor, doch ich habe sie trotzdem begleitet. Sie hat mir erzählt, wie gerne sie auf Grands Begräbnis gekommen wäre, doch die Jäger ließen sie nicht. Sie hat sogar geweint. Mercy, was hat das zu bedeuten?‹‹ Mercy zuckte mit ihren Schultern. ››Keine Ahnung. Wenn ich es nicht besser wüsste, dann würde ich sagen, dass sie Grands Grab vielleicht einmal besuchen wollte, aber wie ich sie kenne, führt Linnea wieder irgendetwas im Schilde.‹‹ ››Hier kann sie jedenfalls nicht her, denn ich habe ziemlich viele Schutzzauber auf mein Haus gelegt und auch auf das deiner Eltern.‹‹ ››Danke, Grams.‹‹ ››Mercedes, was soll ich machen, wenn sie wieder kommt? Soll ich sie herein bitten oder soll ich sie draußen stehen lassen?‹‹ ››Ich denke sie würde es verstehen, wenn du sie draußen stehen lassen würdest.‹‹ Mercys Großmutter nickte und erhob sich dann aus dem Ohrensessel. ››Mein Kind, ich denke wir sollten jetzt hinüber gehen. Henry scheint ein Treffen vereinbart zu haben und ich glaube, es betrifft wieder einmal dich.‹‹ Mercy seufzte. ››Ja, das tut es meistens.‹‹ Mercys Großmutter ging neben Mercy aus der Bibliothek und sperrte die Türe hinter sich ab. ››Grams, warum hast du dich so lange nicht überwinden können, in Grands Bibliothek zu gehen?‹‹ ››Mercedes, ich hoffe du verstehst es. Dein Grands und ich waren lange zusammen bis wir auseinander gerissen wurden. Ich denke bei uns alten Leuten ist es etwas schmerzvoller jemanden zu verlieren, den man schon so lange kennt und liebt. Diese Bibliothek war mit so vielen Erinnerungen versehen und.... Naja....‹‹ ››Grams?‹‹ ››Dein Grands hat die Bibliothek mit einem Zauber versehen, sodass nur du sie öffnen konntest. Das hast du auch gemacht. Vor zwei Tagen.‹‹ ››Oh..stimmt.‹‹ Als Mercy nach draußen trat, wehte ihr Wind durch die Haare. ››Komm, wir sollten uns beeilen, sonst fangen sie ohne uns an.‹‹ Mercys Großmutter zog sie über die Straße auf Henrys Haus zu. ››Hey, da bist du ja endlich.‹‹ Scander hatte sie schon erwartet. Er stand am Gartentor. ››Scander, wie schön dich zu sehen. Wie geht's dir denn, mein Junge?‹‹ ››Den Umständen entsprechend, ganz gut. Und wie geht's dir, meine kleine Dämonin?‹‹ Mercy schnitt ihm eine Grimasse. ››Kommt jetzt Kinder. Keine Zeit für Liebeleien.‹‹ ››Liebeleien?‹‹ Flüsterte Scander ihr zu. ››Nenn mich nie wieder deine kleine Dämonin.‹‹ ››Das wäre dann wohl schon das zweite Mal.‹‹ Mercy knuffte ihn in die Seite. Scander lächelte. ››Ah, Lily, wir sind froh, dass du gekommen bist.‹‹ Henry kam durch den Garten auf sie zu und begleitete sie bis zur Türe. Scander warf Mercy einen bedeutungsvollen Blick zu und deutete mit dem Kopf zu Henry, der Mercys Großmutter den Mantel abnahm. Mercy schüttelte den Kopf und streifte den Mantel ab, doch Scander nahm ihn ihr trotzdem ab. ››Bist du jetzt wieder ein Gentleman, mein kleiner Werwolf?‹‹ ››Also so klein bin ich nicht.‹‹ sagte Scander und richtete sich auf. ››Natürlich.‹‹ ››Meine kleine Dämonin.‹‹ Mercy seufzte auf und schritt den Gang entlang ins Wohnzimmer.

Zweiundzwanzig

Wie immer, wenn ein Treffen einberufen worden war, befanden sich viele Leute in Henrys Wohnzimmer. Scander lehnte sich auf die Stuhllehne und Mercy quetschte sich neben Cassie auf den Stuhl. ››Wie ihr seht, sind unsere zwei vermissten Turteltäubchen wieder eingetroffen. Aber natürlich habe sie wichtige Erkenntnisse erlang. Scander, bitte, erzähl es ihnen.‹‹ Scander, der bei dem Wort Turteltäubchen, die gleiche Farbe wie das Kaminfeuer angenommen hatte, erhob sich von der Lehne und schritt vor die Menge. ››Mercy und ich waren im Haus meiner Mutter. Dort machte es den Eindruck, als ob jemand eingebrochen hätte. Ich wusste, dass es Jäger gewesen sein mussten und ich wusste auch wonach sie suchten. Meine Mutter hat vor ihrem......‹‹ Scander räusperte sich. ››...vor ihrem Tod viele Informationen gesammelt über die sogenannten Genträger der Jäger. Die Genträger überleben den Kampf und gründen irgendwo eine neue Jägergruppe. Wir vermuten, dass diesmal Linnea dieser Genträger ist. Denn sie ist die jüngste unter den Jägern. Aber Mercy weigert sich Linnea zu töten und lässt sie auch von niemand anderem töten...‹‹ ››Es sei denn, irgendjemand will eines sehr grausamen Todes sterben.‹‹ fiel Mercy ihm ins Wort. Irgendjemand lachte. Als er merkte, dass das niemand anderes lustig fand täuschte er einen Huster vor. Scander räusperte sich erneut. ››Also wie ich sagte, bevor mich unsere *Dämonin* hier unterbrochen hat, war, dass niemand Linnea töten kann.‹‹ Es wurde geflüstert. Henry hob die Hand und trat nun neben Scander. Sofort kehrte wieder Ruhe ein. ››Vielleicht schaffen wir es Linnea auf unsere Seite zu bringen. So muss weder Mercy Linnea töten, noch sonst irgendwer.‹‹

››Das unterliegt dem Jägerkodex. Sie kann ihn nicht brechen.‹‹ warf Mercys Mutter ein. ››Wenn keine Jäger mehr übrig sind, um das zu kontrollieren, dann schon.‹‹ Henry grinste gehässig. ››Wie meinst du das, dass keine Jäger mehr übrig sein werden?‹‹ ››Mercy, denk doch einmal nach.‹‹flüsterte Cassie. Scander legte seine Hand auf ihre Schulter. Mercy atmete schwer. Dann flüsterte sie leise, aber bedrohlich. ››Du willst sie alle töten. Der Feind, der sich zurückgezogen hat. Du willst möglicher Weise Unschuldige umbringen und du schreckst davor nicht zurück. Du bist nicht viel besser als ich es bin. Du bist genauso ein Monster.‹‹ Mercy starrte Henry wütend an. ››Es ist wahrscheinlich die einzige Möglichkeit.‹‹ sagte Mercys Vater aus der Ecke. Mercy warf ihm einen Blick zu, der ihn eigentlich töten müssen. Er hob sofort entschuldigend die Hände. Dann schüttelte Mercy ungläubig den Kopf und rannte die Treppe hoch in Scanders Zimmer.

Scander kam keine fünf Minuten später zu ihr hinauf. ››Du verpasst das Treffen.‹‹ Mercy saß auf Scanders Boden mit den Beinen an den Bauch gezogen. ››Ist mir auch egal.‹‹ Scander ließ sich neben sie auf den Boden sinken. ››Du hast recht, Mercy. Henry ist ein Monster. Ich halte es da unten nicht länger aus. Sie haben schon angefangen zu planen.‹‹ ››Wie viele sind dafür?‹‹ ››Die meisten. Außer deine Familie, Cassies Familie, Eljas Familie, einige Werwölfe, Luan und natürlich ich.‹‹ ››Scander, weißt du noch, was du mir versprochen hast?‹‹ ››Das ich dir helfen werde, wenn du flüchten willst? Nein, habe ich nicht.‹‹ ››Ich denke die ganze Zeit darüber nach, aber dann komme ich mir wie ein Feigling vor.‹‹ ››Mercy, ich denke dir ist nur nicht klar wer du eigentlich bist, oder? Du bist die Dämonin.

Die mächtigste von uns allen. Überrede die anderen die Jäger in Ruhe zu lassen. Mercy, du schaffst das. Du bist mächtiger als wir alle. Ich werde dir helfen. Wie du wahrscheinlich gemerkt hast, helfe ich dir immer.‹‹ ››Danke, Scander.‹‹ ››Mercy, diese Leute sind alle geschwächt und rachsüchtig. Sie vertrauen Henry blind, aber er macht nicht das Richtige. Unschuldige zu töten ist nie die richtige Lösung. Er weiß das, aber er will Rache. Rache für den Tod meiner Mutter.‹‹ ››Das verstehe ich ja, aber ich wollte auch Rache für Pennys Tod und ich bin nicht so weit gegangen und habe Unschuldige getötet.‹‹ ››Mercy, du bist anders. Du bist....du. Henry wollte schon immer etwas machen, wofür er Anerkennung gewinnt. Wann wurde er je gefeiert? Er ist nur der arme Mann, den seine Frau leider verlassen musste.‹‹ ››Wir müssen etwas unternehmen.‹‹ ››Ich schlage vor, dass du mit den Leuten redest. Und das bald. Sie wollen schon heute Abend losstarten, um die verbliebenen Jäger zu suchen.‹‹ ››Und du glaubst, dass sie auf mich hören werden?‹‹ ››Ich glaube, dass sie einfach jemanden brauchen, der weiß, was zu tun ist und auch in den schlimmsten Situationen die Führung aufbehalten kann. Jemanden wie dich.‹‹

Henry schien gerade mit lauter Stimme zu verkünden, was genau alles eingepackt werden musste, als Mercy ins Zimmer trat. Ruhe kehrte ein. ››Ich will, dass ihr mir folgt. Ich weiß, dass ihr eine schwere Zeit hinter euch hattet, aber ihr wollt sicher keine Unschuldigen töten, oder etwa doch? Henry ist selbst nur von Rache geleitet. Er weiß nicht was er tut. Ich kann euch helfen. Ich bitte euch nicht aufzubrechen. Ihr wisst alle wie gefährlich das werden könnte. Wir könnten nicht noch weitere Verluste ertragen. Hört auf mich, ich bin eine von euch. Wenn einer euch verstehen kann, dann bin ich es. Ihr müsst mir nur vertrauen. Die Jäger sind auch nur Menschen, mit Familien. Wollen wir wirklich ein Blutbad anrichten? Stellt euch vor es wäre umgekehrt und die Jäger würden uns alle ausrotten wollen.‹‹ Henry starrte sie traurig an. Mercy hatte ihn anscheinend zurück in die Realität geholt. Hinter dem Sofa hörte man eine Stimme, die das unangenehme Schweigen durchbrach. ››Traut dem Mädchen nicht! Sie ist noch zu jung, um die Auswirkungen zu kennen! Sie wird uns ins Verderben führen, so wie alle anderen Dämonen vor ihr. Sie ist um nichts besser!‹‹ Die Menge stimmte demjenigen zu, der gesprochen hatte und rannte johlend nach draußen. Scander, Mercy und Henry versuchten sie aufzuhalten, doch sie waren zu viele. Mercy bekam einen Kinnhacken von einem großen Vampir ab und sank zu Boden.

Als Mercy wieder aufwachte, saß ihre Mutter über ihr mit einem Lappen in der Hand und tupfte damit Mercys Kinn ab. ››Das wird eine ziemlich große Beule geben, meine Kleine.‹‹ Mercy setzte sich stöhnend auf. ››Wo sind die anderen?‹‹ ››Im Wohnzimmer. Scander hat dir sein Zimmer überlassen.‹‹ ››Können wir hinunter gehen?‹‹ ››Natürlich.‹‹ Im Wohnzimmer saßen noch einige Leute, die sich nicht wie wild nach draußen gestürzt hatten. Mercys Familie, Cassies Familie, Elja und ihre Mom und natürlich Luan, Scander und Henry. ››Wie geht's dir?‹‹ fragte Scander, der mit besorgtem Blick aufgestanden war. ››Besser.‹‹ Mercy setzte sich neben Cassie auf das Sofa. ››Also, was ist passiert?‹‹ ››Du hast ja gesehen, was geschehen ist. Ich war so dumm und wollte die anderen dazu überreden gegen unschuldige Jäger zu kämpfen. Mercy, es tut mir leid. Du hattest vollkommen echt. Ich habe aus Rache gehandelt. Leider konnten wir sie nicht aufhalten. Wenn wir Pech haben finden sie Linnea und....‹‹ ››Sie werden sie töten.‹‹flüsterte Mercy bestürzt. Henry nickte. ››Was machen wir jetzt?‹‹ fragte Cassie. ››Leider können wir gar nichts machen. Wir können nur hoffen, dass Linnea ihnen nicht in die Arme läuft.‹‹sagte Mercy. ››Ich bin doch nicht *so* blöd, oder?‹‹ sagte eine Stimme von der Fensterbank her.

››Linnea?‹‹ fragte Mercy erstaunt. Linnea streifte sich ihre Kapuze von ihrem langen blonden Haar. ››Wer denn sonst, kleine Schwester? Ich habe eure Freunde gesehen. Sieht so aus als ob sie Jäger jagen wollen. Oder zumindest einen Jäger. Nämlich mich. Ich schätze, dass ihr, da ihr hier seid, nicht sehr von dem Plan begeistert wart, oder?‹‹ ››Sie wollten Unschuldige töten.‹‹erklärte Henry. ››Und ihr wollt euch nicht die Finger schmutzig machen. Verstehe ich.‹‹ ››Warum bist du hier?‹‹ fragte Mercys Mutter kalt. ››Es freut mich auch dich wieder zu sehen Mom. Ich bin hier damit ihr endgültig alle Jäger vernichten könnt. Ich bin hier damit Mercy mich tötet.‹‹

Dreiundzwanzig

››Nein.‹‹ sagte Mercy bestimmt. ››Mercy, warum glaubst du bin ich sonst den ganzen Weg hierhergekommen?‹‹ ››Ich werde dich nicht töten. Ich kann nicht. Ich würde mir das nie verzeihen.‹‹ Linnea rollte mit den Augen. ››Und auch keinem anderen. Mercy, ich denke wir sollten einmal unter uns Schwestern reden. Komm mit.‹‹ Diesmal benutzte Linnea die Türe. Draußen war es kalt und der Himmel war sternenklar. Linnea schritt voraus in Richtung des Waldes. Linnea ging zu ihrem Lieblingsplatz um zu reden. Ein großer Baum, in dessen Zweigen man perfekt sitzen konnte. Linnea schwang sich auf den untersten Ast. ››Also, meine kleine Schwester, du willst mich nicht töten, obwohl das deinem Volk nichts als Gewinn bringen würde. Bist du nicht ein wenig selbstsüchtig?‹‹ ››Linnea, ich weiß nicht ob ich es ertragen könnte noch jemanden zu verlieren.‹‹ ››Du bist aber immer noch rachsüchtig wegen Penny, oder? Und dein Freund Scander hat den Tod seiner Mutter nicht sehr gut verkraftet. Du hast Angst, dass du andere verletzt, wenn du aus den Fugen gerätst.‹‹ ››Ja, aber ich will auch nicht, dass du stirbst. Auch wenn du eine von ihnen bist. Von den Jäger. Mom und Dad wären auch sehr traurig deswegen.‹‹ Linnea machte eine abwinkende Bewegung mit der Hand. ››Die beiden interessiert es ja gar nicht, ob ich noch lebe oder nicht.‹‹ ››Doch das tut es und Grams wäre auch nicht gerade erfreut, wenn sie erfährt, dass ich dich getötet hätte. Genauso wie Chloe.‹‹ ››Mercy, deine

Freunde da draußen werden die übrigen Jäger finden und sie vernichten. Dann bin nur noch ich da. Die Genträgerin. Keine Gene, keine Jäger. Also auf was wartest du noch Mercy.‹‹
››Würdest du mich töten, wenn ich dich fragen würde, ob du mich töten könntest?‹‹fragte Mercy. ››Nein, aber das liegt daran, dass es mir keinen Gewinn erbringen würde und überhaupt kann dich keiner umbringen ohne vorher die anderen vier umzubringen. Mercy, bitte, du musst verstehen, dass das keine leichte Entscheidung war, aber ich habe sie trotzdem getroffen. Also, tu mir den Gefallen.‹‹ ››Linnea, dann müsstest du doch verstehen, dass ich nicht meine Schwester verlieren will. Wenn dir schon so viel daran liegt zu sterben, dann töte dich doch selbst.‹‹ ››Mercy, offensichtlich habt ihr doch nicht so gründlich nachgeforscht wie ich dachte. Der Genträger kann nur durch die Hand eines magischen Wesens getötet werden und nicht durch seine eigene.‹‹ ››Könntest du nicht einfach zu uns überlaufen oder keine Nachkommen hervor bringen?‹‹ ››Das mit dem Überlaufen habe ich dir doch schon einmal erzählt und das mit den Nachkomme stimmt. Ich werde also unglücklich alleine leben bis ich eines heiteren Tages sterbe.‹‹ ››Vielleicht finden wir einen Zauber, der die Gentätigkeit unterdrückt.‹‹ Mercys Stimme klang viel optimistischer als Mercy wirklich war. ››Das glaubst du doch selbst nicht. Niemand ist so mächtig, dass er Gene manipulieren kann.‹‹ ››Ich bin eine Dämonin, Schwester. Wenn irgendjemand das schaffen kann, dann ich. Linnea, wir schaffen das schon. Und wegen dem Kodex. Wenn, wie du gesagt hast, alle verbliebenen Jäger getötet werden, dann wird es auch keinen Kodex mehr geben, oder?‹‹ ››Eigentlich ist es meine Pflicht als letzte verbliebene Jägerin den Kodex aufrecht zu

erhalten.....‹‹ ››Heißt das, dass du ihn auch ändern kannst?‹‹ ››Möglicher Weise.‹‹ ››Möglicher Weise? Das heißt du könntest zu uns überwechseln?‹‹ Linnea biss sich auf die Lippe, wie auch Mercy es oft machte, und schaute in die Bäume. ››Ja.‹‹ ››Du könntest deine Kinder großziehen, aber nicht als Jäger sondern als normale Kinder.‹‹ Linnea sah Mercy an mit Tränen in den Augen. ››Mercy, das alles kann nur gelingen, wenn du diesen Zauber ausführen kannst, oder?‹‹ ››Vielleicht wäre es auch noch von Vorteil, wenn die anderen dir verzeihen würden. Dafür, dass du dich den Jägern angeschlossen hast und gegen uns gekämpft hast.‹‹ Linnea grinste. ››Das heißt wir müssen Grands Bibliothek nach einem Zauber durchsuchen, der meine Genträger Fähigkeiten unterdrückt?‹‹ Mercy grinste ebenfalls ››Genau das bedeutet es.‹‹

Scander, Luan und Cassie begleiteten Linnea und Mercy zur Bibliothek von Mercys Großvater. Mercy sperrte die großen Türen auf. ››Ich schlage vor, dass wir uns aufteilen. Jeder weiß worum es geht, oder? Dann los.‹‹ Sie strömten alle in verschiedene Richtungen davon. Mercy lief auf die große Wand mit den seltenen Zaubersprüchen zu und nahm sich gleich einen Stapel Bücher. In einem ging es um Heilkräuter, in einem anderen um Tierzauber mit exotischen Tieren. Ein Buch schlimmer als das andere. Nach Stunden der Suche wollte Mercy sich schon geschlagen geben, als sie Cassies Stimme von drei Regalen weiter hörte. ››Mercy! Hier!‹‹ Cassie saß in der Mitte von tausenden aufgeschlagenen Büchern auf den Boden. Auf ihrem Schoß war eines der dicksten Bücher die Mercy je gesehen hatte. ››Hier steht etwas über Genmanipulation.‹‹ Sie zeigte mit dem Finger auf den rechten Absatz. ››Hier steht: *Falls*

Sie jemand sind der gerne experimentiert, ist der Genmanipulationszauber sehr interessant. Sie müssen sich nur darüber im Klaren sein was die Folgen sein können. Von Albinos bis zu Menschen mit Ohren am Kinn (das kam schon vor). Falls Sie nach bestimmten Genen suchen, ist es vielleicht von Vorteil, wenn Sie sich vorstellen mit was die Gene in Verbindung stehen. Dann führen Sie den Zauber aus. Bitte beachten Sie, dass das Zimmer in dem Sie und der Testkanditat sind, abgedunkelt sein muss. Es wäre auch noch wichtig eine zweite Hexe oder einen zweiten Zauberer in der Nähe zu haben, da dieser Zauber sehr gefährlich ist.‹‹ ››Ich werde Grams fragen, ob sie mir hilft.‹‹ ››Hast du schon einen Termin für das *Experiment.*‹‹ fragte Scander. Seine Augen waren jetzt wieder stechend grau, nicht mehr dieses wässrige regengrau. Scander hatte wieder Mut gefasst und war über den Tod seiner Mutter fürs erste hinweg gekommen. Mercy lächelte ihn freundlich an. ››Morgen.‹‹ Er stieg über Cassies Bücherhaufen und half Mercy auf, die sich neben Cassie auf den Boden gesetzt hatte. ››Komm gehen wir wieder Bücher einräumen.‹‹ Er setzte eine bedeutungsvolle Miene auf und machte Mercy klar, dass weit mehr dahinter steckte als, dass er die Bücher einräumen wollte. Sie entfernten sich so weit wie möglich von den anderen. Doch immer noch sprach Scander mit gedämpfter Stimme. ››Mercy, bist du dir sicher, dass du diesen Zauber schaffst. Dieses Buch ist, glaube ich, nicht sehr vertrauenswürdig und es klang gefährlich. Mercy, bitte, sei vorsichtig.‹‹ Mercy wollte schon eine strenge Miene aufsetzen, aber Scanders Blick war so besorgt, dass sie es nicht schaffte. ››Scander, ich bin eines der mächtigsten Wesen das es überhaupt jemals gab. Ich schaffe das schon. Mach dir um mich keine Sorgen.‹‹ ››Mach ich mir aber. Mercy, willst du nicht heute bei uns...‹‹ ››Linnea wird auf eurem Sofa schlafen nehme ich an? Dann krieg ich deine Couch. Ist dir das recht?‹‹ ››Ja.‹‹ Scander machte einen überrumpelten Eindruck. Mercy würde ihm helfen. Sie hatte sich auch oft in den Schlaf geweint, als Penny gestorben war. Scander war das peinlich. Mercy konnte es verstehen. Auch sie hasste es vor anderen Leuten zu weinen. Scander räumte einige Bücher wieder zurück an ihren Platz während Mercy an die Wand starrte. War dieser Zauber wirklich so gefährlich, dass er eine Dämonin töten konnte? War er wirkungsvoll? Sie wusste es nicht. Sie hoffte jedoch das Beste. Linnea würde dann eine Familie gründen können. Mercy hatte den Verdacht, dass sie sich danach sehnte. Doch Scander wirkte wieder so bedrückt. Er hatte Angst. Wenn Mercy sterben würde, würde das seinen Ruin bedeuten. Mercy konnte ihn nicht solchen Schmerzen aussetzen. Sie musste es schaffen. Wegen Scander. Wegen Linnea. Wegen Penny, die dafür gestorben war, das Mercy lebte. Scander schien zu wissen was in ihr vorging. ››Komm. Vergiss den Zauber bis morgen einfach, okay? Wir trinken jetzt eine heiße Schokolade und schauen uns einen Film an. Wie wäre es mit einer Neuverfilmung von „Dracula"?‹‹ ››Meinetwegen.‹‹ Scander schaffte es Mercy genau in den Augenblicken, in denen sie an einem ihrer Tiefpunkte war, aufzuheitern. Er stellte das letzte Buch in das Regal und hielt Mercy seine Hand hin. ››Wollen wir MyLady?‹‹ Mercy lächelte und ergriff seine Hand. ››Natürlich, mein kleiner Werwolf.‹‹ ››Ich dachte wir hätten vereinbart, dass wir das lassen?‹‹ ››Aber es hat gerade gepasst.‹‹ ››Meinetwegen. Also salzige oder süße Popcorn?‹‹ ››Salzig.‹‹ Draußen wurde der Wind immer stärker. Mercys Haare flatterten in Scanders Gesicht. ››Entschuldigung.‹‹ Doch Scander grinste. ››Deine

Haare riechen nach Zimt?‹‹ ››Ja, kann sein. Wieso?‹‹ ››Ich liebe Zimt.‹‹ ››Und ich liebe dich.‹‹ sagte Mercy. ››Ich liebe mich auch.‹‹ ››Scander!‹‹ Mercy boxte ihm in die Seite, bevor sie beide laut loslachten.

Vierundzwanzig

Cassie und Luan blieben ebenfalls, um sich den Film anzusehen. Da Linnea unten im Wohnzimmer ungestört lesen wollte, schlossen sich die vier in Scanders Zimmer ein. Mercy rannte noch einmal hinunter, weil sie einen Topf Popcorn machen wollte. Während sie die Packung in die Mikrowelle legte und die Körner krachend aufsprangen, hörte sie Linnea aus dem Wohnzimmer mit sich selbst sprechen. Sie schlich leise zur Küchentüre und macht sie einen Spalt breit auf. Offensichtlich hatte Linnea Mercy nicht gehört, auch wenn Mercy nicht verstand wie Linnea die aufspringenden Körner überhört haben könnte. Naja, vielleicht war sie viel zu sehr damit beschäftigt sich mit sich selbst zu unterhalten. Anscheinend hielt sie sich gerade selbst eine Standpauke. ››Und wieder einmal hast du versagt, Linnea Ellain. Du wolltest dich aufopfern und deine *wundervolle* Schwester hat wieder einmal einen Weg gefunden dich zu retten.‹‹ Mercy wusste nicht ob sie sich beleidigt fühlen sollte, da Linnea das „wundervoll" sarkastisch ausgesprochen hatte. ››Linnea? Du weißt, dass das besser so ist, oder? Du musst nicht sterben und kannst sorglos weiterleben.‹‹ Linnea, die mit dem Rücken zur Küchentüre gelegen hatte, drehte sich überrascht um. ››Ja, du hast recht. Aber eigentlich wollte ich mich aufopfern für unser Volk. Damit unser Volk nicht mehr in Angst vor einem Krieg leben muss.‹‹ Mercy erfüllte es mit Stolz, als Linnea „unser Volk " sagte. Sie war nun bald eine von ihnen. Eigentlich war sie es immer gewesen. Jedoch konnte Mercy sich Linnea nicht als Hexe vorstellen. Doch Linnea war eine Hexe. Genauso wie ihre Eltern. Genauso wie Chloe. Genauso wie sie – wenn Mercy keine Dämonin wäre.››Aber das müssen wir ja bald nicht mehr.‹‹ Linnea nickte traurig. Wahrscheinlich war es für sie noch schlimmer als für Mercy, dass die ganzen Jäger ausgerottet wurden. Es war Linneas Familie gewesen. Sosehr Mercy sie auch überzeugen hatte wollen, für Linnea waren nun einmal die Jäger ihren wahre Familie. Ihre Freunde waren unter den Opfern dieses Massakers. Die Mikrowelle piepste und Mercy entschwand wieder in die Küche. Sie suchte eine große Schüssel und füllte diese mit Popcorn. Dieses Haus verwirrte Mercy immer noch. Wahrscheinlich würde sie sich nie merken, wo etwas versteckt lag. Dann machte sie sich wieder auf den Weg in Scanders Zimmer. Scander, Luan und Cassie hatten die Bank mit Kissen und Decken ausgestattet. Es sah sehr bequem aus. In Scanders großem Fernseher lief schon die Vorschau für irgendeinen anderen Film. ››Ah, das Popcorn.‹‹ sagte Scander erfreut. Er nahm Mercy die Schüssel ab und setzte sich auf seine Couch. Mercy lehnte sich neben ihn. Als Luan und Cassie auch noch Platz nahmen, startete Scander den Film.

Die Neuverfilmung war noch schlimmer als das Original. Es war viel zu viel Science-Fiction. Aber Mercy hatte Spaß. Cassie regte sich den ganzen Film über auf, was man falsch gemacht hatte. Mercy war froh, dass sie Cassie hatte. Mit ihrer schrägen Art heiterte sie alle auf. Scander warf Mercy immer bedeutungsvolle Blicke zu und grinste. Mercy erinnerte es sehr an das erste Mal, als sie und Scander einen Film angeschaute hatten. In dieser Nacht hatte sie gemerkt, dass sie nicht alleine war. Wie Dracula wieder einmal einen seiner lauten Lacher ausstieß, schoss ihm Luan ein Popcorn auf den Mund. Das hatte eine Popcornschlacht zur Folge. Als der Film aus war, waren auch Mercy, Scander, Luan und Cassie fertig vor Lachen. Scanders Zimmer war überseht von Popcorn. Cassie und Luan halfen noch Scanders Zimmer aufzuräumen und verschwanden dann in Luans Zimmer. Scander ließ gleich eine Decke und ein Kissen für Mercy liegen. ››Na dann......willst du schlafen?‹‹ fragte Scander verlegen. ››Schlafen.‹‹ murmelte Mercy zustimmend. Scander nickte und Mercy verschwand ins Badezimmer. Ihre blonden Haare warne nun nicht mehr so gelockt, aber immer noch etwas gewellt. Ihre Augen strahlten einen warmen schokoladefarbenen Ton aus. Sie seufzte. Scander lag auf dem Rücken in seinem Bett. ››Du hast ganz schön lange gebraucht, Engelchen.‹‹ Nicht schon wieder. ››Ich bin kein Engelchen.‹‹ Scander zuckte mit den Schultern und ging selbst ins Badezimmer. Mercy öffnete die Balkontüre und trat hinaus. Der Wind beugte die Bäume. Sie hörte einige Nachtigallen zwitschern. Dann öffnete sie ihren Mund und sang.

Mercy hatte schon lange nicht mehr gesungen. Früher hatte sie ihre Mutter immer zum Chor und zum Gesangsunterricht geschickt. Doch sie hatte damit aufgehört, als sie elf Jahre alt war. Nun sang sie nur noch zum Spaß. Aber auch das hatte sich aufgehört, als sie mit dem Dämonentraining begonnen hatte. Sie hatte kaum noch Zeit für Irgendetwas anderes gehabt. Hinter sich hörte sie die Badezimmertüre zuschlagen. Sie stoppte schlagartig. ››Mercy? Du hast mir nie gesagt, wie gut du singen kannst.‹‹ Mercy fuhr herum und ihre blonden Haare flogen in ihr Gesicht. Sie wurde rot. Er hatte ihr zugehört.

››Ich....Ich gehe jetzt schlafen.‹‹ Scander wollte noch etwas sagen, ließ es jedoch bleiben, Mercy ihn wütend anstarrte. Sie rollte sich in ihrer Decke auf Scanders Couch zusammen und versuchte zu schlafen. Scander drehte das Licht ab und legte sich ebenfalls zum Schlafen nieder. Lange herrschte Stille. ››Scander?‹‹ flüsterte Mercy, weil sie nun doch ein schlechtes Gewissen hatte. Er konnte ja nichts dafür, dass sie singend auf seinem Balkon gestanden war.. ››Ja?‹‹ ››Ich weiß, dass du Angst hast wegen morgen, aber mach dir keine Sorgen, ich schaffe das schon.‹‹ Scander seufzte. ››Ich hoffe es. Mercy, bitte, sei vorsichtig. Ich kann es dir nicht oft genug sagen.‹‹ ››Wegen dir werde ich besonders Vorsichtig sein.‹‹ ››Danke..... Mercy, kannst du für mich singen?‹‹ Mercy lächelte. Sie wusste wie schwierig es für Scander sein musste zu schlafen. Ihn plagten wahrscheinlich Alpträume. Auch Mercy hatte solche Träume. So begann sie wieder leise zu singen. Scanders Atem wurde schwerer und langsamer. Er war eingeschlafen. Mercy drehte sich lächelnd auf die Seite und schlief ebenfalls ein.

Scander weckte sie am nächsten Morgen. Mercy war aufgeregt. Sie wusste nicht, ob sie es schaffen würde, doch sie hoffte es. Um Linneas Willen. ››Scander, ich ruf einmal meine Grams an und frage sie, ob sie mich unterstützen will, denn wir brauchen ja eine zweite Hexe.‹‹ ››Natürlich. Und wenn du fertig bist, gibt es Toast mit Honig und eine heiße Schokolade.‹‹ Scander stieg die Treppe hinunter und Mercy wählte die Nummer ihrer Großmutter. ››Mercedes?‹‹ fragte ihre Großmutter mit verschlafener Stimme. ››Grams, kannst du schnell hinüber kommen zu Henrys Haus? Ich brauche dich für einen Zauber, um Linneas Gene zu manipulieren.‹‹ Kurz herrschte Stille.

››Clara hat mir schon darüber erzählt. Natürlich werde ich dir helfen. Ich komme sofort.‹‹ Mercy legte auf und zog sich rasch etwas an. Scander, Luan, Cassie und Linnea saßen am Küchentisch und aßen. Mercy setzte sich zwischen Cassie und Scander und griff nach einem Stück Toast auf das sie sich Honig strich. Scander holte ihr eine Tasse heißer Schokolade aus der Küche. Keine fünf Minuten später läutete es an der Türe. Scander öffnete und Mercys Großmutter betrat das Haus. Sie setzte sich zu den anderen an den Tisch und ließ sich von Linnea alles ganz genau erklären. ››Na gut, dann müssen wir nur aufpassen, dass du dich nicht überanstrengst, Mercy. Das könnte sowohl dir als auch Linnea schaden.‹‹ ››Grams, hast du schon etwas von den anderen gehört, die die Jäger jagen wollten?‹‹ ››Nein, aber wahrscheinlich haben sie die Jäger gefunden, denn wenn nicht wären sie schon längst zurückgekehrt.‹‹ Mercys Grams schüttelte zornig den Kopf. Mercy wusste, dass ihr dieser Gedanke genauso wenig gefiel wie Mercy selbst. ››Ich denke wir sollten bald anfangen. Hast du schon einen Raum ausgewählt?‹‹ ››Mein Zimmer. Ich werde es nur noch abdunkeln, okay?‹‹ schlug Scander vor. ››Okay.‹‹sagte Mercy zustimmend, auch wenn ihr nicht bewusste war, wie Scander die Glasdecke abdunkeln wollte. Auch Mercys Großmutter nickte aufmunternd. Scander ging nach oben und kam einige Minuten später wieder zurück. ››Alles bereit.‹‹ Mercy erhob sich. Linnea und Mercys Großmutter folgten ihr in Scanders Zimmer. Scander blieb, auf Mercys Bitte hin, unten.. Es war auch besser so. Mercy ließ Linnea sich auf die Couch zu setzen. Mercys Großmutter stellte sich neben die Couch und blickte Mercy erwartungsvoll an. ››Linnea, bitte schließ die Augen.‹‹ Mercy legte ihre Finger an

Linneas Schläfen. Sie selbst schloss ebenfalls die Augen. Sie holte tief Luft und ließ dann all ihre Energie in ihre Fingerspitzen fließen. Sie hatte diese Textpassage in den Buch so oft gelesen, es sich aber nie wirklich vorstellen können, doch nun war sie da. Sie war in Linneas Kopf. Mercy fand sich in einem Gewirr aus Erinnerungen, Gefühlen und Ängsten wieder. So verlockend es auch für Mercy war, Linneas Gehirn weiter zu durchforsten, musste sie etwas erledigen. Mercy dachte angestrengt an die Gene und an das was in dem Buch gestanden hatte. Sie sollte sich auf die Gene konzentrieren. Mercy dachte an die Jägergene. Sie stellte sich Linnea vor, wie sie ohne die Angst leben musste, dass ihre Kinder plötzlich Jäger werden würden. Sie dachte an eine Welt für magische Wesen in der sie nicht mehr gejagt werden würden. Sie dachte an die Jäger die sei gesehen hatte. Plötzlich stieß sie auf etwas. Mercy konnte fühlen, dass sie nun am Ziel war. Es war wie eine Barriere. Sie sammelte all ihre Kraft und durchbrach die Barriere. Mercy sah einen Film an sich vorbei laufen. Ein großer Jäger der Linnea eine Spritze in den Arm steckte. Eine Frau die ihr dabei beruhigend den Kopf streichelte und sagte, dass alles gut werde. Mercy konnte Linneas Angst fühlen. Ein Schrei brachte sie zurück in die Realität. Mercy riss es förmlich aus Linneas Kopf und schleuderte es gegen die Wand. Linnea lag zusammengekrümmt auf Scanders Couch und wimmerte. Auch Mercy fühlte sich nicht sehr wohl. Dass sie in den Kopf von jemand anderem Vorgedrungen war, machte ihr zu schaffen. Mercys Großmutter half ihr auf und hielt sie am Arm fest, um zu verhindern, dass sie nach hinten umkippte. Linnea lag immer noch zusammengerollt auf Scanders Sofa. Mercy tappte zu Scanders Bett und ließ sich darauf fallen. Sie lauschte ihrer

Großmutter, die sich über Linnea beugte, dann fielen ihr vor Anstrengung die Augen zu.

Fünfundzwanzig

››Mercy, du hast es geschafft!‹‹ Das waren die ersten Worte, die Mercy hörte, als sie wieder aufwachte. Sie blinzelte ein paar Mal, um richtig zu sehen. Scander saß an der Bettkante und strich ihr die Haare aus dem Gesicht. Er sah sie teils besorgt, teils glücklich an. ››Echt? Woher wollen wir das wissen?‹‹ murmelte Mercy müde. ››Linnea kann es fühlen. Sie sagt es fühlt sich an, als wäre eine Last von ihren Schultern genommen worden. Sie ist dir sehr dankbar. Und es gibt noch eine Neuigkeit, Mercy.‹‹ ››Und die wäre?‹‹ fragte Mercy nervös. ››Es wird dir nicht gefallen. Die anderen sind von ihrer Jagt zurückgekommen. Sie haben alle Jäger getötet. Keine Überlebenden. Andererseits ist es auch gut, weil Linnea nun den Kodex ändern kann.‹‹ Mercy wurde wieder schwarz vor Augen. Das konnte nicht wahr sein. Mercy wollte nicht, dass es wahr war. ››Sie haben alle umgebracht? Auch die Unschuldigen?‹‹ Scander nickte, schaute Mercy jedoch nicht in die Augen. Wut kochte in ihr auf. Wie konnten sie nur?! ››Ich weiß, dass wir es hätten verhindern müssen. Es tut mir leid, Mercy.‹‹ Wahrscheinlich hatte sich ihre Wut in ihren Augen wiedergespiegelt, denn Scander sah persönlich verletzt aus. ››Du kannst nichts dafür Scander.‹‹ sagte sie beschwichtigend. Sie wollte nicht, dass es sich schuldig fühlte. ››Dad hat sie alle aus der Stadt verjagt, weil er meint er könne solches unmenschliches Verhalten nicht dulden. Du hättest ihn sehen müssen. So wütend habe ich ihn noch nie erlebt. Als manche von denen sich aufgeregt haben, dass es nicht seine Stadt sei und er sie nicht vertreiben könne, ist er mit einer Heugabel auf sie losgegangen. Frag mich bitte nicht woher er die hatte.‹‹ ››Er

bereut es wohl sehr, dass er anfangs bei ihnen mitgewirkt hat.‹‹
Scander nickte lächelnd mit dem Kopf. ER war, genauso wie sie erleichtert, dass Henry sich in letzter Minute noch dagegen entschieden hatte. Denn das hätte Mercy ihm nie verziehen.
››Mercy, willst du mit hinunter kommen? Linnea wird jetzt den Kodex ändern und dann die Stadt verlassen. Henry hat einige Leute eingeladen, die sich nicht diesem idiotischen vernichtungsplan angeschlossen haben. Er hat eine ziemlich große Feier vorbereitet mit Essen, Tanzfläche und allem.‹‹
Mercy seufzte. ››Er macht sich immer so einen Aufwand....Aber er hat recht. Wir sollten das feiern.‹‹ Sie erhob sich schnell von Scander Bett. Leider zu schnell. Mercy wurde schwarz vor Augen und Scander hielt sie am Arm fest. ››Danke.‹‹ Er schaute ihr tief in die Augen. Dann beugte er sich vor und küsste sie. Mercy, die darauf nicht gefasst war, wäre fast hingefallen. Scander fing sie lachend auf. ››Du warst umwerfend.‹‹sagte Mercy grinsend. Daraufhin lachte Scander nur noch mehr.
››Komm jetzt. Die anderen denken sich sicher schon wo wir bleiben.‹‹

››Ich, die letzte verbliebene Jägerin, werde heute den Kodex der Jäger ändern. Ich werde das Gesetzt der Jäger, nachdem sich Jäger nicht den magischen Wesen anschließen dürfen, aufheben. Jedem Jäger ist es frei gestattet sich von jetzt an den magischen Wesen anzuschließen. Und ich werde hiermit gleich meine Entscheidung fällen. Ich, Linnea Ellain, werde mich den magischen Wesen anschließen, da sie meine Familie sind. Mein Volk und meine Freunde.‹‹ Mercy stand lächelnd an Scander gelehnt und lauschte ihrer großen Schwester. Die Versammelten klatschten. Scander hatte recht gehabt. Henry hatte sein Wohnzimmer einem Partyraum gleichgemacht. Sogar mit einer Bühne, von der Linnea herunter gerade stieg. Sie kam lächelnd auf Mercy zu, während die anderen sich etwas zu essen holten und munter redeten. Auch Scander, der verstand, dass dies eine Sache unter vier Augen war, entfernte sich. ››Gut gesprochen.‹‹ ››Danke. Mercy, du weißt, dass ich die Stadt verlassen werde, oder?‹‹ Mercy nickte. ››Ja. Ich weiß, dass du es willst und deshalb werde ich dich auch ziehen lassen. Du kannst ein normales Leben führen, so wie du es dir gewünscht hast. Aber du wirst mir schreiben, oder?‹‹ ››Natürlich. Mercy, danke. Für alles. Du hast so viel für mich getan.‹‹ sie umarmten einander. Mercy versprach Linnea auch ihren Eltern, Chloe und ihrer Grams schöne Grüße zu sagen. Mercy verstand, dass Linnea einfach nur schnellstmöglich von hier weg wollte. Linnea drehte sich im Türstock noch einmal um und winkte Mercy. Diese nickte ihr zu und Linnea verschwand aus dem Raum. Mercy hatte das Gefühl, dass sie ihre Schwester irgendwann wieder sehen würde, doch sie wusste nicht wann. Scander kam von hinten auf sie zu. ››Sie ist weg.‹‹sagte er leise. Mercy wusste nicht, ob Scander jetzt glücklich war oder nicht. Sie hatte immer gemeint, dass Scander Linnea nie besonders gut leiden konnte. ››Ja. Leider.‹‹ murmelte sie und drehte sich zu ihm um. Sie sah Scander in die Augen. Würde sie je so ein unbeschwertes Leben führen können, wie Linnea es jetzt konnte? Sie durfte nicht. Sie konnte nie mit Scander länger zusammen bleiben. Es würde keiner erlauben. So war das Gesetz. ››Scander? Nach allem was wir durchgemacht haben, könnten wir nicht ein Gesetz der magischen Wesen ändern?‹‹ ››Du willst was?!‹‹ ››Ein Gesetz ändern.‹‹ sagte Mercy ruhig. ››Warum sollten wir? Ich meine…….‹‹ ››Sieh mal. Ich will nicht das Gesetz ändern, das besagt, dass wir Menschen attackieren dürfen. Ich meine etwas harmloseres, Scander!‹‹ Scander sah sie entschuldigend an. ››Wenn es niemanden verletzt, dann ich denke, dass wir vielleicht dürften. Doch wir müssen auf jeden Fall Henry fragen.‹‹ Mercy nahm Scander an der Hand und zog ihn hinter sich her auf Henry zu. ››Henry! Kann ich dich etwas fragen?‹‹ Henry, der gerade einen Plausch mit einigen Banshees gehalten hatte, fuhr herum und schaute sie überrascht an. Wahrscheinlich hatte er gedacht, dass sie bei ihrer Familie sein würde. ››Mercy, erschreck mich doch nicht so!‹‹ Er gab den Banshees ein Zeichen und sie verschwanden. Mercy sah ihn fragend an. ››Also?‹‹ Henry stieß einen Seufzer aus. ››Du wirst mich ja ohnehin fragen. Also schieß los.‹‹ ››Können wir eines der Gesetze ändern?‹‹ Henry blinzelte. Anscheinend hatte er nicht gedacht, dass Mercy Bescheid wusste. Scander hatte Mercy nämlich auf dem Weg nach unten erzählt, dass Mercys Vater seine Stelle als höchstes Ratsmitglied an Henry weitergegeben hatte, da dieser waren Mut bewiesen hatte, als er die magischen Wesen aus der Stadt vertrieben hatte. ››Meinetwegen. Es hält sich sowieso keiner mehr an irgendwelche Gesetze. Solange es nicht gravierendes ist.‹‹ Mercy schüttelte den Kopf. Sie stieg auf den nächstgelegenen Tisch und machte die Handbewegung, die ihre Stimme verstärkte. Sie musste reichlich mehr Magie in diesen Zauber stecken, da die Musik ziemlich laut war. ››Ich entschuldige mich, falls ich eure Feierlaune unterbreche, aber ich habe etwas wichtige zu sagen. Mir ist es gestattet worden, eines unserer Gesetze zu ändern. Dieses Gesetz besagt, dass magische Wesen von verschiedenen Gründerfamilien, sich nicht heiraten dürfen. Ich will es aufheben. Ab jetzt darf jeder heiraten, wen er will, denn ich bin eine Dämonin, wahrscheinlich die stärkste die es je gab, und ich habe es geschafft meine Kräfte richtig einzusetzen.‹‹ Die anderen applaudierten und wandten sich wieder ihren Tätigkeiten zu. Mercy erblickte Cassie in der Menge, die ihr froh zu lächelte und dann auf die Suche nach Luan ging. Sie sah auch einige andere magische Wesen. Die auf die Suche nach ihrer Liebe gingen, um ihr oder ihm mitzuteilen, dass sie nun zusammen bleiben durften. ››Keine schlechte Idee, Ellain.‹‹ Scander grinste sie an und streckte ihr eine Hand entgegen. Als sie wieder auf dem Boden stand deutete Scander in Richtung Tanzfläche. ››Willst du tanzen?‹‹ Mercy konnte zwar nicht tanzen, aber das war ihr egal. ››Okay.‹‹ Scander führte sie auf die Tanzfläche. Draußen ging langsam die Sonne unter. Mercy warf einen Blick auf die Menschen, die sie liebte. Cassie, Luan, Henry, ihre Eltern, ihre Großmutter, Chloe und Elja. Und natürlich Scander. Scander mit dem sie so viel durchgemacht hatte, seit sie ihn das erste Mal gesehen hatte. Als sie gedacht hatte er sähe aus wie ein Gott. Doch sie lernte nicht nur sein Äußeres sondern auch sein Inneres zu lieben. Man könnte meinen Scander wäre einer dieser eingebildeten Muskelkerle, die nur Sport, Autos und Mädchen im Sinn hatten. Mercy wusste es aber besser. Sie hatte gesehen wie viel Scander seine Familie und Freunde bedeuteten. Deshalb liebte sie ihn. ››Mercy, hier.‹‹ Chloe war zu ihnen herüber gekommen. Sie hielt Scanders Armband in der Hand. Mercy wollte gar nicht wissen, was Chloe noch so gefunden hatte, als sie durch Mercys Zimmer stöberte. Hoffentlich nicht ihre Tagebücher aus der vierten Klasse, als sie ihren Liebeskummer irgendwo hin schreiben musste und sich das Tagebuch als Opfer ausgesucht hatte. ››Danke, Chloe.‹‹ Mercy strich Chloe sanft durch die Haare. Chloe umarmte sie und rannte dann in Richtung Kuchen. Mercy wusste wie sehr ihre Schwester Kuchen liebte. Scander legte ihr das Armband an und lächelte. Auch er war froh, dass das alles endlich vorbei war. ››Ich denke, wir haben es geschafft, oder? Wir haben es geschafft, dass du nicht stirbst.‹‹ Mercy trat ihm mit ihrem Fuß in den Unterschenkel. Er verzog schmerzerfüllt das Gesicht, aber er grinste nach einigen Sekunden schon wieder. ››Das ist nicht lustig!‹‹ ››Jaja, schon kapiert, mein kleiner Samurai.‹‹ Mercy schüttelte den Kopf. Sie würde es wohl nie schaffen Scander diese blöden Spitznamen abzugewöhnen. Sie legte ihm die Arme um die Schultern. ››Aber dafür, dass ich nicht gestorben bin, mussten viele andere Leute sterben.‹‹ ››Ich denke, dass meine Mom und Penny stolz auf uns wären.‹‹ Der Gedanke an Penny versetzte ihr immer noch einen Stich. ››Das glaube ich auch.‹‹ Mercy schaute ihm nochmal in die grauen Augen und war einfach glücklich hier zu sein, bei den Menschen die sie liebte. Es war nicht einfach gewesen, doch sie hatte es geschafft einen Großteil dieser Leute zu schützen. Darauf war sie stolz. In Zukunft würde es anders werden. Keine Kriege mehr mit den Jägern. Da Mercy das Gesetz aufgehoben hatte, würde sie bald nicht mehr die einzige Dämonin sein. Aber diese nächste Generation von Kindern würde es schaffen. Genauso wie Mercy es geschafft hatte. Mercy war froh in dieser Welt zu leben. In einer Welt voller magischer Wesen. Und bald würde sie eine neue Welt sein. Eine Welt voller Dämonen.

Epilog

››Kommt! Wir sollten uns beeilen. Sonst fängt es noch zu regnen an.‹‹ sagte Mercy, als sie sich ihre Jacke anzog. ››Ich hole schon einmal das Auto.‹‹ Scander, der bereits angezogen war, öffnete die Türe und ging nach draußen. Mercy schaute sich in den Spiegel. Ihre hellen blonden Haare waren jetzt schon dunkelblond geworden, doch ihre Augen waren immer noch in dem gleichen braun wie sie schon immer gewesen waren. Sie seufzte und ging ins Wohnzimmer. Scander und Mercy waren in das Haus von Scanders Mutter an den See gezogen. Natürlich hatten sie es wieder hergerichtet nachdem die Jäger es zerstört hatten. Im Wohnzimmer war die Hölle los. ››Ruhe! Wir gehen! Kommt schon!‹‹ Vier paar Augen starrten sie an. Mercy zeigte mit der Hand in Richtung Türe. Ein kleines Mädchen mit haselnussbraunen Haaren löste sich als erstes aus ihrer Erstarrung. Sie ging auf Mercy zu. ››Priya und Penny haben mir meine Puppe weggenommen, Mommy!‹‹ Sie zeigte mit ihrer kleinen Hand auf ihre zwei Jahre älteren Zwillingsschwestern. ››Sie hat Teddy entführt!‹‹ sagte Priya anklagend mit wütendem Blick auf ihre kleine Schwester. ››Jetzt reicht es aber. Penny und Priya ihr gebt Kara sofort ihre Puppe zurück und du, Kara, den Teddy. Sofort. Wir müssen los!‹‹ Ihre Puppe fest an sich gepresst stolzierte Kara hinaus, um sich die Schuhe anzuziehen. Penny und Priya folgen ihrem Beispiel. Mercy ging ins Wohnzimmer und hob ihr jüngstes Kind von der Spieldecke auf. ››Na, Edward, was meinst du? Wer hat den Streit begonnen?‹‹ Er sah sie aus seinen eisblauen Augen an. Edward war Mercys und Scanders einziger Sohn, jedoch sah er im Gegensatz zu seinen Schwestern seinem Vater nicht im

Mindesten ähnlich. Eher glich er einer männlichen Ausgabe von Mercys großer Schwester Linnea. Scander kam durch die Tür zurück herein. ››So, Ladies. Der Wagen ist vorgefahren. Wir können los fahren. ‹‹ ››Daddy!‹‹ Penny und Priya umarmten ihren Vater, der ihnen durch die blonden Locken schrich. Kara nahm Mercys Jackenzipfel, wie Chloe es früher immer bei Mercy getan hatte. Ihre grauen Augen schauten Mercy an. ››Mommy, wohin fahren wir?‹‹ ››Zuerst besuchen wir deine Oma und noch andere Freunde auf dem Friedhof und dann können wir ja noch zu Onkel Luan fahren, hm?‹‹ ››Ja!‹‹ Kara klatschte begeistert in die Hände. Nachdem Mercy und Scander alle Kinder auf dem Rücksitz verstaut hatten, warf Mercy noch einen Blick zum Himmel. ››Wir sollten uns am Friedhof beeilen.‹‹ ››Keine Sorge, Engelchen.‹‹ Mercy hatte es nach einiger Zeit aufgegeben Scander dieses Wort zu verbieten. Die Beiden hatten sich nach der Geburt der Zwillinge geeinigt ihren Kinder nicht von ihren Kräften zu erzählen. Erst wenn sie alt genug seien. Mercy hatte auf sie alle einen Unterdrückungszauber gelegt. Doch sie wusste nicht ob das etwas brachte. Ihre Kinder waren vielleicht sogar noch stärker als sie, aber Scander und sie würden sie schon gut unterrichten. Schließlich war Mercy die Dämonin. Auch ihre Kinder waren stark, aber auch so schlau und mutig, wie ihre Eltern.

Am Friedhof angekommen, begann es zu regnen. Mercy und Scander packten die Kinder in ihre Regenmäntel und schritten durch das Friedhofstor. Als erstes besuchten sie das Grab von Scanders Mutter Kara. Mercy konnte sich noch gut an Karas Beerdigung erinnern und den plötzlich so emotionalen Scander. Die kleine Kara stand in ihrem gelben Regenmantel vor dem

Grabstein und schaute fragend ihre Mutter an. ››Das ist deine Oma, Kara.‹‹ sagte Scander mit belegter Stimme. Mercy sah ihn liebevoll an. Der Tag an dem Kara geboren wurde, war genauso regnerisch wie dieser gewesen. Scander war Zuhause gewesen um auf die Zwillinge aufzupassen, doch Mercy würde seinen Gesichtsausdruck nie vergessen als sie ihm vorschlug das Kind Kara, nach seiner Mutter, zu benennen. Auch Pennys und Priyas Gräber besuchten sie. Die Zwillinge, Penny und Priya, hüften auf dem Friedhof herum und hatten Spaß. Als letztes kamen sie noch an dem Grab von Mercys Großvater vorbei. Edward zeigte völlig begeistert auf die, trotz des Regens noch brennende, Kerze. Linnea war also hier gewesen. Mercy hatte sie schon seit fünf Jahren nicht mehr gesehen, doch sie schrieb ihrer Schwester hin und wieder. Linnea hatte ihre Vergangenheit hinter sich gelassen, einen Mann geheiratet und lebte nun weit weg von Mercy. Mercy machte das zwar traurig, doch sie wollte nur, dass Linnea glücklich war. Priya hüpfte in eine große Pfütze und spritzte ihren Vater und ihre Zwillingsschwester nass. ››Hey! Das bekommst du zurück.‹‹ regte sich Penny auf. Priya lief zu ihrer Mutter und versteckte sich hinter ihr. Penny wischte sich das Wasser aus dem Gesicht, aber ihre Kleidung war immer noch völlig durchnässt. Scander wandte sich schon wieder dem Ausgang zu und auch Mercy wollte schon gehen, als Penny etwas machte, dass Mercys ganze Aufmerksamkeit einnahm. Sie hatte die Hand ausgestreckt und ließ einen kleinen Wirbelwind auf ihrem Arm auf und ab tanzen. ››Scander?!‹‹ rief Mercy verunsichert. Scander drehte sich um und sah überrascht von Mercy zu Penny. Dann wich sein Gesichtsausdruck Erschrockenheit. Wenn Penny ihre Kräfte schon jetzt gebrauchen konnte, dann konnte Priya es auch. Dabei waren die beiden erst sieben. Und was noch viel schlimmer war, dass auch ihre Werwolfsseite nicht mehr unterdrückt wurde. Mercy war wie gelähmt. Sie ging mit Priya an der Hand, Edward auf dem Arm und Kara am Jackenzipfel hängend aus dem Friedhof hinaus. Scander kam bald daraufhin mit Penny im Schlepptau zurück. ››Am besten wir suchen deine Mutter auf, Mercy.‹‹ Mercy nickte. Sie hoffte, dass ihre Mutter das wieder gut machen konnte. Was hatte sie nur getan? Sie hatte ihre eigenen Kinder zu Monstern gemacht. Vielleicht mussten sie schon mit sieben Jahren die schmerzvolle Verwandlung zum Werwolf durchmachen. Scander schien ihr schlechtes Gewissen zu bemerken und legte einen Arm um sie. ››Hey, das wird schon wieder. Überhaupt haben sie ja uns. Mit uns beiden wird ihnen nichts passieren, Das verspreche ich dir.‹‹ Sie sah Scander in die stechend grauen Augen und nickte zuversichtlich. Mercy vertraute ihm. Ihre Kinder waren wie sie. Sie würden das schaffen. Und Mercy würde ihnen helfen so sehr sie nur konnte. Es gab keine Gefahr mehr für sie. Die Jäger waren alle vernichtet und Mercy hatte es geschafft ein normales Leben zu führen. So wie sie es eigentlich geplant hatte. Bevor sie noch nichts von ihren Kräften gewusst hatte. Bevor sie gewusst hatte was sie war. Die Waffe. Die Dämonin.

Leseprobe: Skyfall

Prolog

Die Sonne schien. Es würde ein schöner Tag werden. Sie spürte es. Ein besonderer Tag. Sie schlug ihre Füße über die Bettkante und stand auf. Wie jeden Tag zog sie ihr langes weißes Kleid an. Schnell fuhr sie sich mit ihren Fingern durch ihre langen silbernen Haare. Sie hatte noch etwas zu erledigen, bevor sie vor den hohen Rat trat. Hastig rannte sie durch die Stadt auf eines der vielen weißen Häuser zu. Sie klopfte. Jemand öffnete. ››Ah, du bist es.‹‹ Das Mädchen, dass die Türe geöffnet hatte strahlte sie an. ››Und? Bist du schon aufgeregt? Wegen der Konferenz?‹‹ Sie nickte. ››Du kommst doch mit mir?‹‹fragte sie das Mädchen. ››Natürlich. Wir sind ja schließlich Freundinnen. So etwas tun wir füreinander.‹‹ Das Mädchen nahm eine Bürste von einem nahestehenden Tisch. ››Was hast du den mit deinen Haaren gemacht!‹‹ ››Ich musste mich beeilen.‹‹ ››So trittst du mir nicht vor den hohen Rat!‹‹ sagte ihre Freundin bestimmt und begann ihr Haar zu bürsten. ››Ach, ich hätte auch gerne dein silbernes Haar.‹‹ Wenn ihre Freundin gewusst hätte, was sie sich jeden Tag wünschte. Alle hier hatten goldene Haare. Nur sie nicht ihre waren silbern. Was hätte sie nicht alles für die gleichen goldenen Haare gegeben? Sie wurde immer angestarrt wie eine Kuriosität. ››Na dann, wir sollten gehen. Wir wollen doch nicht zu spät kommen.‹‹ Ihre Freundin hatte ihr einen Zopf geflochten. Sie lächelte sie dankbar an. Die beiden Mädchen liefen schnell in Richtung des Konferenzhauses. Ihre langen weißen Kleider rauschten im Wind. Am Eingang begrüßte sie ein Mann mit goldenen Locken lächelnd und führte die beiden in eine große Halle. Dort herrschte ein Chaos aus weißen Kleidern und goldenen Haaren. Sie fiel wieder einmal auf. Dann hörte sie einen Gong. Die Menge löste sich auf und sie konnte vor bis zum Podium schreiten. Eine Frau mit langen blonden Locken saß dahinter und beobachtete sie. ››Die Silberhaarige! Schön, dass du gekommen bist!‹‹ Ihre Freundin hatte sich unter die anderen gemischt. Sie konnte sie nicht mehr sehen. Sie war ganz alleine vor dem Podium. ››Warum, hoher Rat, bin ich hier?‹‹ ››Wie du vielleicht bemerkt hast, sind silberne Haare hier nicht üblich....Es kommt daher, dass deine Seele noch nicht bereit war zu gehen, als sie die Erde verlassen hat.‹‹ ››Ich verstehe nicht....‹‹ ››Wir alle hier sind verstorbene Seelen von Menschen. Aber das weißt du bestimmt.‹‹ Sie nickte. ››Und was wollen Sie von mir?‹‹ ››Du hast noch einen Auftrag auszuführen.‹‹ Sie starrte die Frau hinter dem Podium fragend an. ››Das heißt?‹‹ ››Wir schicken dich zurück zur Erde.‹‹ ››Was?‹‹ ››Du wirst ein Mensch sein, jedoch bleibst du in dieser Gestalt. Auf der Erde wirst du wissen was du zu tun hast.‹‹ Ihre Freundin war aus der Menge gelaufen und hatte ihr die Hand gegeben. ››Aber ich will hier nicht weg.‹‹ ››Du musst. Es ist ein Befehl. Verabschiede dich schnell von deinen Freunden.‹‹ Sie umarmte ihre Freundin. ››Ich werde dich vermissen.‹‹ ››Ich dich auch.‹‹ Ihre Freundin löste sich von ihr und ging zurück in die Menge. Nun hatte sie Tränen in den Augen. ››Was nun?‹‹ ››Du brauchst einen Namen.‹‹ ››Aber ich habe keinen. Niemand hier hat einen.‹‹ ››Such dir einen aus.‹‹sagte die Frau und lehnte sich über das Podium. ››Xenia.‹‹ sagte sie. Die Halle verschwamm und sie fiel.

Printed in Germany
by Amazon Distribution
GmbH, Leipzig